INK
印刻出版
色戒愛玲
◎蔡登山

目次

1. 張愛玲的海上舊夢 5
2. 一篇寫了二十多年的小說：〈色，戒〉 19
3. 「七十六號」的兩大魔頭——丁默邨與李士群 43
4. 一山難容二虎——丁、李的反目成仇 59
5. 一個不尋常的女人：鄭蘋如 73
6. 重尋〈色，戒〉的歷史場景 87
7. 刺丁案的幾種描寫 105

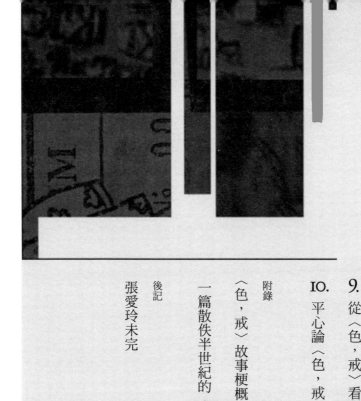

8. 張愛玲的偷梁換柱 129

9. 從〈色，戒〉看張愛玲的愛情投影 149

10. 平心論〈色，戒〉 163

附錄

〈色，戒〉故事梗概 180

一篇散佚半世紀的〈鬱金香〉再度飄香 185

後記

張愛玲未完 198

1

張愛玲的海上舊夢

三十年前的上海，一個有月亮的晚上……我們也許沒趕上看見三十年前的月亮。年輕的人想著三十年前的月亮該是銅錢大的一個紅黃的濕暈，像朵雲軒信箋上落了一滴淚珠，陳舊而迷糊。老年人回憶中的三十年前的月亮是歡愉的，比眼前的月亮大、圓、白；然而隔著三十年的辛苦路望回看，再好的月色也不免帶點悽涼。

——張愛玲〈金鎖記〉

半個世紀後的中秋後的夜晚，走在南京東路步行街上，看到朵雲軒的招牌，不禁想起張愛玲的句子，今晚月圓如舊，遊人如織，朵雲軒和鄰近的時裝店相比，是有些冷落了，步行街上遊覽的觀光車，取代了老式的有軌電車，自然地電車的叮噹聲是早已聽不到了。張愛玲的上海畢竟是過去了。

早在十三年前為拍攝《作家身影》紀錄片，就曾穿梭在上海的「弄堂」裡，名作家穆木天認為北京的「胡同」、廣東的「里」、和上海的「弄堂」，各自有著不同的情趣，他這麼形容：「弄堂」是四四方方的一座城，裡面是一排排的房子。二層樓的、三層樓的，還有四層樓的單間或雙間的房子，構成了好多好多的小胡同子。可是，那座小城的圍牆，同封建的城垣不一樣，而是一些朝著馬路開門的市房。……弄堂房子中間那些密集的房間，是有一些美麗的名稱的：前樓、後樓、閣樓、亭子間……亭子間倒不像個亭子，而像一個水門汀的套間。閣樓只是棚板上的一塊空間，更是徒有虛名了。亭子間是蓋在廚房（上海人稱為「灶披間」）上面的一間面積約一百尺左右的房間，與前後樓有一條短短的通道隔開，倒是「獨門獨房」的，也是全屋房租最便宜的。弄堂裡的人家十之八九都是習慣在後門出入的。後門進去就是廚房，那是主婦經常活動的地方。……弄堂的房子既是一排一排的，每排相隔之間的通道也叫「弄堂」，一般弄堂不會很寬，住在房子裡任何房間的人，從窗口望出去，必需仰頭到四十五度角才能看見天空。第二天一覺醒來，首先聽到的是整個弄堂裡不調和的合奏樂。其中之一是上海弄堂特有的竹刷子洗馬桶的聲音。雖說上海那時有東方巴黎之稱，但絕大多數的弄堂房子還沒有水廁的設備。晚上各家把馬桶排列在家門口，大清早有糞車來掏去，主婦們就把空桶洗刷乾淨，竹條製成的刷子，碰著木桶，處處可聞，形成弄堂裡的特有聲響。另一種交響樂是餛飩子、油炸豆

《傳奇》不同版本的封面。

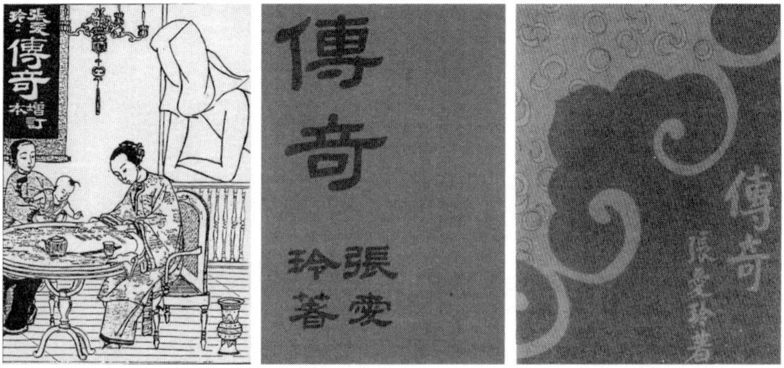

腐、酒釀和兒童玩具等各種叫賣聲，使弄堂變爲特有的小天地。然後是東家的主婦、西家的女傭在弄堂口，後門口，互相交換和傳播聽來的新聞。到了夏夜，弄堂裡更是擺滿了小凳，搖著鵝毛扇納涼的人……。

穿越了多少的弄堂，我們來到了靜安路（現名南京西路）和赫德路（現名常德路）口，看到一幢座西朝東的七層西式公寓——常德公寓，它原名Edingburgh House，雖已蒼老斑駁，但仍然鶴立雞群地屹立於路邊，慣看秋月春風。它是張愛玲和她的姑姑住的最久的公寓（一九三九年她們住在五十一室，同年夏天她遠赴香港大學深造，一九四二年因太平洋戰爭爆發，她輟學返滬，又與姑姑搬入六十五室，直到一九四八年才遷出）。張愛玲的重要作品幾乎都在這裡寫成，包括小說集《傳奇》及散文集《流言》等等。張愛玲對這公寓有著很深的感情，我們看她那篇幽默風趣的〈公寓生活記趣〉即可得知一、二：「聽見門口賣臭豆腐乾的過來了，便抓起一隻碗來，蹬蹬奔下六層樓梯，跟蹤前往，在遠遠的一條街上訪到了臭豆腐乾攤子的下落，買到了之後，再乘電梯上來。」後來成爲張愛玲姑丈的李開第說：「我常去那裡看她們，一次，我在公寓門口遇到愛玲，我說，怎麼啦，愛玲說，姑姑叫我給伊買臭豆腐。那個時候，張愛玲已經蠻紅了。」

一九〇七年上海就有電車了，第一條有軌電車的起點站就在常德公寓的靜安寺路上，因此張愛玲說，我們的公寓近電車廠鄰。她在陽台上看「電車回家」——一輛接著一輛，像排了隊的小孩，嘈雜、叫囂，愉快的打著啞嗓子的鈴：「克林、克賴、克賴、克賴！」吵鬧之中又帶著一點由疲乏而生的馴服，是快上床的孩子，等著母親來刷洗他們，車裡的燈點得雪亮，專做下班的售票員的生意的小販們漫聲兜售著麵包。有時候，電車全進了廠了，單剩下一輛，神祕地，像被遺棄了似的，停在街心。從上面望下去，只見它在半夜的月光中坦露著白肚皮。她在這裡完成的小說〈封鎖〉：

在大太陽底下，電車軌道像兩條光瑩瑩的，水裡鑽出來的曲蟮，抽長了、又縮短了；抽長了、又縮短了，就這麼樣往前移——柔滑的，老長老長的曲蟮，沒有完、沒有完……開電車的人眼睛盯住了這兩條蠕蠕的車軌，然而他不發瘋。如果不碰到封鎖，電車的進行是永遠不會斷的。封鎖了。搖鈴了。「叮玲玲玲玲玲，」每一個「玲」字是冷冷的一小點，一點一點連成一條虛線，切斷了時間與空間。……

而也由於這一篇發表在《天地》第二期的〈封鎖〉，讓當時遠在南京的胡蘭成從藤椅上不覺地把身體坐直了起來，細細地把它讀完一遍又一遍，除了讚好之外，仍於心不足。他寫信給《天地》的主編蘇青，問這張愛玲是誰，之後他從南京到了上海，他到了常德公寓來，但正如蘇青先前告訴他的，果然張愛玲並不見他，於是他從門洞裡遞進一張字條。又隔了一日，午飯後張愛玲卻來了

張愛玲在常德公寓居住最久，也寫下許多重要作品。

電話，說來看胡蘭成，胡蘭成上海的家是在大西路的美麗園（現延安路三十九弄二十八號），離她那裡不遠。

秋天的午後我們來到美麗園，弄堂裡散發出一種大戶人家的氛圍。三層樓的磚木結構，獨門獨戶獨院，顯示當年的主人是頗有來頭的。玲瓏有緻的陽台、八角型的大窗子，院中的玉蘭樹如今已高過樓頂，它們應該是見證了這對戀人的歡笑話語的。胡蘭成住在二樓，如今房間格局早已改過了，不變的是那木製的樓梯，仍有它們窸窣的履痕。

胡蘭成當時竟想和她鬥，他向她批評當日流行作品，又說她的文章好在哪裡，也問了她每月寫稿的收入，雖然那些顯得有些失禮，但對著好人，珍惜之意也只能是關心她的身體與生活。張愛玲亦喜孜孜的只管聽他說，在客廳裡她一坐就是五個小時，也一般的糊塗可笑。離開時，胡蘭成送她到弄堂口，兩人並肩走著，胡蘭成說：「你的身材這樣高，怎麼可以？」只這一聲就把兩人說得這樣近，張愛玲很詫異，幾乎要起反感了，但是真的非常好。

美麗園的日子，終究是美麗的、兩情相悅的，在濃密的花木底下，自有一份纏綿與依戀氤氳在心頭。胡蘭成在《今生今世》裡寫道：

一日午後好天氣，兩人同去附近馬路走走，愛玲穿一件桃紅單旗袍，我說好看，她道，桃紅的顏色聞得見香氣。還有我愛看她穿那雙繡花鞋子，是她在靜安寺廟會上買的，鞋頭連鞋幫繡有雙鳳，穿在腳上，線條非常柔和。她知我喜歡，我每次從南京回來，在房裡她總要穿這雙鞋。

之後胡蘭成來到常德公寓看張愛玲，胡蘭成登門入室，這樣說：「她房裡竟是華貴到使我不安，那陳設的家具原簡單，亦不見得很值錢，但竟是無價的，一種現代的新鮮明亮幾乎是帶刺激性。陽台外是全上海在天際雲影日色裡，底下電車噹噹的來去。」四〇年代另一位「海派」男作家李君維也到過張愛玲的客廳，他說：「我有幸與張的好友炎櫻大學同學；一時心血來潮，就請炎櫻作介前往訪張。某日我與現在的翻譯家董樂山一起如約登上這座公寓大樓，在她家的小客廳作客。這也是一間雅緻脫俗的小客廳。張愛玲設茶招待，虧得炎櫻出口風趣，沖淡了初次見面的陌生、窘迫感。張愛玲那天穿一件民初時流行的大圓角緞襖，就像《秋海棠》劇中羅湘綺所穿的，就是下面沒有繫百褶裙。」

胡蘭成與張愛玲曾在這裡的陽臺上眺望紅塵靄靄的上海，西邊天上餘輝未盡，胡蘭成說：「時局不好，來日大難。」而張愛玲也曾感慨地寫下如下的心境，她說：「她（蘇青）走了之後，我一個人在黃昏的陽台上，驟然看到遠處的一個高樓，邊緣上附著一塊胭脂紅，還當是玻璃窗上落日的反光。再一看，卻是元宵的月亮，紅紅地升起來了。我想道：『這是亂世。』晚煙裡，上海的邊疆微微起伏，雖然沒有山也像是層巒疊嶂。我想起許多的命運，連我在內的，有一種鬱鬱蒼蒼的身世之感。『身世之感』普通總是自傷、自憐的意思罷了，但我想是可以有更廣大的解釋的。將來的平安，來到的時候已經不是我們的了，我們只能各人就近求得自己的平安。」（〈我看蘇青〉一九四五年四月《天地》第十九期）。

抗戰勝利前夕，胡蘭成預感有朝一日，大限來時夫妻各自飛的日子來臨了。

一九四六年十一月，東躲西藏的胡蘭成悄悄地回到上海，在常德公寓張愛玲的住處住了一晚。那是愛玲到溫州千里尋夫，並傷心而別的八個月後。當時他們的感情早已是千瘡百孔，難以爲繼的時候了。當晚他們分房而睡。第二天天還未亮時，胡蘭成來到愛玲的房中，在床前俯下身去親吻她，她從被窩裡伸手抱住他，忽然淚流滿面，只叫了一聲「蘭成！」，不是纏綿悱惻，而是清堅決絕。在那殘冬寒夜，她與他黯然相別，他也許想不到，這竟會是他們此生的最後一別了。女作家淳子無不感慨地說：「淪陷的上海，有的革命，有的醉生夢死，充滿了世紀末的荒涼和瘋狂。也許是沒有了明天，便不肯放過今天了。張愛玲與胡蘭成無可救藥地愛上，像〈傾城之戀〉的一雙男女，千百人的死，千百人的痛苦，只爲了成全她和他。」

一九四八年張愛玲和她姑姑從常德公寓遷出後，曾搬到華懋公寓小住，也就是現在位於茂名南路和長樂路交叉口的錦江飯店的北樓。在華懋公寓的街角有座蘭心大戲院，它從一九三三年後專映外國影片，一九四〇年上演過于伶的

張愛玲的話劇《傾城之戀》即在蘭心大戲院排演。

《女子公寓》，曹禺的《日出》等話劇。張愛玲的話劇《傾城之戀》就是在這裡排演的。而這四幕八場的大型話劇，一九四四年底在卡爾登戲院隆重首演，立即引起轟動，在此後的三個月中連演了八十場，幾乎場場爆滿。張愛玲從一位名小說家一下子又成爲公衆注目的「新聞人物」，當時應該是她最光彩奪目、輝煌耀眼的一刻。

華懋公寓之後，她們又於一九四七年秋天搬到南京西路梅龍鎮旁的重華新村。研究張愛玲的學者陳子善教授說在重華新村的窗口，張愛玲和姑姑還看著解放軍進城的。

一九五〇年到一九五二年，張愛玲和姑姑搬到南京西路附近，黃河路上的卡爾登公寓（現名長江公寓）的三〇一室。在這裡張愛玲重拾舊筆，寫下後來喧騰一時的《十八春》（也就是後來依此改寫的《半生緣》），只是當時只能用筆名「梁京」發表。當然最後的一部中篇小說《小艾》也是在這裡完成的。上海解放初期，主管文藝的夏衍，極爲看重張愛玲的才華，他也很想安排她到自己兼任所長的上海電影劇本創作所，擔任編劇。然而因爲有些人認爲張愛玲在上海淪陷期間，涉嫌「文化漢奸」的背景，而持否定態度。夏衍一時未能如願。而張愛玲當時雖然出席了中共首屆「上海文藝工作者代表大會」，並在龔之方奉夏衍之命所辦的《亦報》上，發表了長篇小說《十八春》和中篇小說《小艾》，但張愛玲還是深感無處容身，於是在一九五二年的夏天，她以恢復在香港大學的學業爲由，永遠地離開了上海，離開曾經讓她魂牽夢縈的地方。她的弟弟張子靜在她離去之前，曾經問她對未來有什麼打算，張愛玲默然良久，不做回答。張子靜一九九六年在《我的姊姊張愛玲》書中回憶：「她的眼睛望著我，又望望白色的牆壁。她的眼光不是淡漠，而是深沉的。我覺得她似乎看向一個很遙遠的地方，那地方是神祕而且祕密的；她只能以漠然良久作爲回答。」

而到一九五二年八月間，張子靜從浦東過江來到卡爾登公寓找張愛玲，姑姑開了門，一見到他就說：「你姊姊已經走了。」是的，她走了，「走到一個她追尋的遠方，此生再沒回來過」。幾番風雨海上花，張愛玲這一走，眞的是再也沒有回頭了！她揮別她心繫的上海，揮別她的親人，更揮別了她的愛情，讓它此情可待，讓它一切惘然。

2

一篇寫了二十多年的小說：〈色，戒〉

張愛玲的小說〈色，戒〉曾三次公開發表。首次是一九七七年十二月《皇冠》台灣版第四十八卷第四期；其次是一九七八年三月《皇冠》美國版第二十一期；第三次是一九七八年四月十一日《中國時報》人間副刊。一九八三年六月皇冠出版社結集張愛玲的〈色，戒〉、〈浮花浪蕊〉、〈相見歡〉、〈多少恨〉、〈殷寶灩送花樓會〉、〈五四遺事〉和電影劇本〈情場如戰場〉合為《惘然記》一書出版，張愛玲在序中談到〈色，戒〉、〈相見歡〉和〈浮花浪蕊〉時說：「這三個小故事都曾經使我震動，因而甘心一遍遍改寫這麼多年，甚至於想起來只想到最初獲得材料的驚喜，與改寫的歷程，一點都不覺得這其間三十年的時間過去了。愛就是不問值不值得。這也就是『此情可待成追憶，只是當時已惘然』了。因此結集時題名《惘然記》。」後來張愛玲在一九八八年皇冠出版的《續集》自序中更明確指出，〈色，戒〉是在一九五三年開始構思的。由此我們得知〈色，戒〉在一九五三年開始構思（即張愛玲從上海到香港次年），到一九七八年發表（當時張愛玲幽居美國洛杉磯），期間歷經二十五個寒暑。

〈色，戒〉在人間副刊發表將近半年後，一九七八年十月一日，張系國以

「域外人」的筆名在人間副刊發表〈不吃辣的怎麼胡得出辣子？——評「色，戒」〉一文，最後一段張系國這麼說：

> 我同意不用世俗道德的標準來批判文學作品。作家可以採取非道德超然態度寫作，但分析到最後，作家還是會有各自的道德立場。不是所有不道德的題材都值得寫，作家在取捨之間仍應有其原則。西方文學批評有一樁影響是不太好的。文學批評家（尤其今日歐美的文學批評家）常特別重視還沒有被人寫過的題材，認爲寫人所不敢寫的題材就是『突破』。但不是所有的不道德的題材都可以寫或應該寫。作家如果故意標新立異，特意發掘不道德的題材，也許反而會毀了自己。至少我認爲，歌頌漢奸的文學——即使是非常曖昧的歌頌——是絕對不值得寫的。因爲過去的生活背景，張愛玲女士在處理這類題材時，尤其應該特別小心謹慎，勿引人誤會，以免成爲盛名之瑕。

面對如此嚴厲的指控，張愛玲在一個多月後的十一月二十七日，同樣在人間副刊發表〈羊毛出在羊身上——談「色，戒」〉一文，予以強烈反駁。張愛玲對自己的作品做出辯護的，除了一九四四年五月迅雨（傅雷）在上海《萬象》雜誌發表〈論張愛玲的小說〉一文（五月一日出刊），而引來張愛玲立即在《新東方》雜誌同年五月號（五月十五日出刊）中寫〈自己的文章〉作出回應外，這是第二次；張系國的文章，就「政治立場」而言，顯得深文周納，有上綱上線之嫌，因此逼得張愛玲再也忍不住跳出作回應，因為「漢奸」之說，是她生命中難以承受之重。

張愛玲一九四三年到一九四五年在上海紅極一時，抗戰勝利後，雖然沒有被南京政府正式定為「文化漢奸」，但社會輿論卻欲置她於死地而後快，她的文學活動甚至於私生活，都成為公眾謾罵的焦點。張愛玲的弟弟張子靜在《我的姊姊張愛玲》一書中曾說：「抗戰勝利後的一年間，我姐姐在上海文壇可說銷聲匿跡。以前常常向她約稿的刊物，有的關了門，有的怕沾惹文化漢奸的罪名，也不敢再向她約稿。她本來就不多話，關在家裡自我沉潛，於她而言並非難以忍受。不過與胡蘭成婚姻的不確定，可能是她那段時期最深沉的煎熬。」

傅雷（左圖）發表在《萬象》上的評論引來張愛玲親自回應。

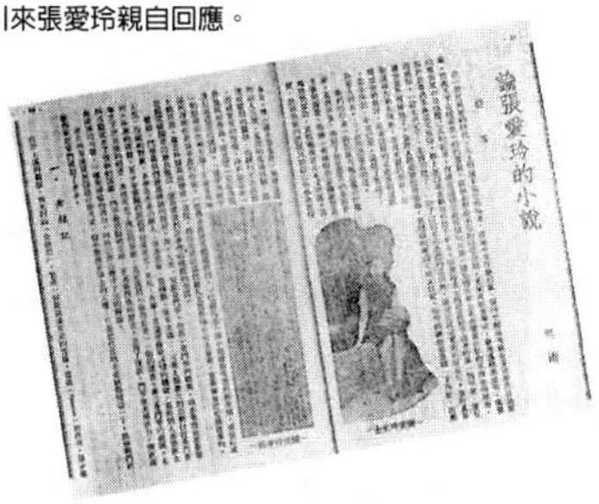

一九四四年二月四日，胡、張兩人初相見，而後很快就成爲戀人。半年後，一九四四年七、八月間，胡蘭成向第三任妻子英娣提出離婚，隨後與張愛玲私下成婚。由於胡、張的婚姻關係，導致後來人們把胡蘭成的漢奸身分，也加之於張愛玲的身上。

學者陳子善在〈一九四五至四九年間的張愛玲——文壇盛名招致『女漢奸』惡名〉一文中，就指出：「……可以想見，給張愛玲按上『女漢奸』的罪名，泰半是因了胡蘭成的緣故。《女漢奸醜史》和《女漢奸臉譜》中關於張愛玲的章節，連標題都如出一轍，前者爲〈無恥之尤張愛玲願爲漢奸妾〉，後者爲〈「傳奇」人物張愛玲願爲「胡逆」第三妾〉。兩文均言詞尖刻輕佻，屬於人身攻擊，無稽謾罵。」①。除了那些未署名的小冊子的惡意攻訐外，那時上海的大刊小報，類似的「揭發批判」更是不少。陳子善先生在同文又指出，一九四六年三月三十日上海《海派》周刊就發表一篇署名「愛讀」的〈張愛玲做吉普女郎〉的聳動報導：「……前些時日，有人看見張愛玲濃妝豔抹，坐在吉普車上。也有人看見她挽住一個美國軍官，在大光明看電影。不知眞相的人，一定以爲她也做吉普女郎了。其實，像她那麼英文流利的人，有一二個美國軍官做朋友有什麼希奇呢？」

另外還有一本署名「司馬文偵」的《文化漢奸罪惡史》，是一九四五年十一月，上海曙光出版社出版的。在作者的〈幾句閒話〉後，先有〈三年來上海文化界怪現狀〉、〈「和平文化」的「大本營」〉、〈沐猴而冠的大東亞文學者大會〉等綜述，接著就是對於「文化漢奸們」的「個別的敘述」，張愛玲在書中被兩次「點名」，一是在揭發〈僞政論家胡蘭成〉時被提到，另一次則是被單列一章——

——〈「紅幫裁縫」張愛玲：「貴族血液」也加檢驗〉。司馬文偵在書中指責「文化界的漢奸，正是文壇妖怪，這些妖怪把文壇鬧得烏煙瘴氣，有著三頭六臂的魔王，有著打扮妖艷的女鬼」。他主張對這些所謂「文奸」（包括張愛玲在內）採取「有所處置」的行動。

對於將張愛玲與胡蘭成綁在一起批判的作法，直到晚近才有學者張泉②在〈關於淪陷區作家的評價問題——張愛玲個案分析〉一文中指出：「胡蘭成是胡蘭成，張愛玲是張愛玲，不能因兩人曾有感情糾葛而在政治身分的界定上實行封建制的株連原則。」

《文化漢奸罪惡史》將張愛玲和張資平、關露、潘予且、蘇青、譚正璧等十六個作家列為「文化漢奸」，書中列數張愛玲的「賣國行為」、「罪惡事例」，指責她在《雜誌》、《天地》、《古今》等「漢奸」刊物上發表文章，還參加一些親日性質的文化活動，像一九四五年七月二十一日由《雜誌》月刊社主辦的「納涼會」座談等等。

張愛玲在上海走紅的三年間，作品主要發表於《新中國報》系統的《雜誌》

《天地》、《新東方》等是當年張愛玲發表作品的主要刊物。

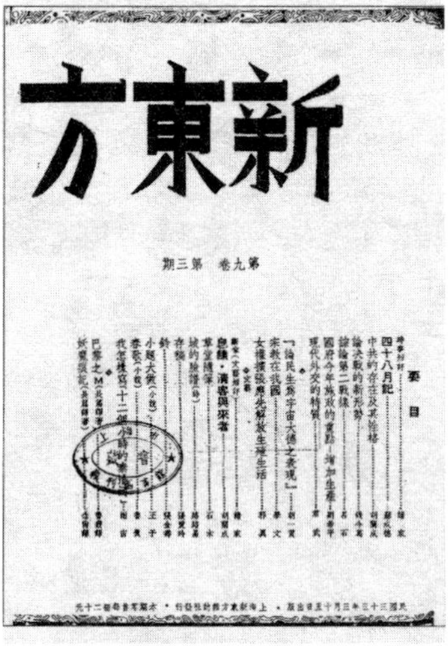

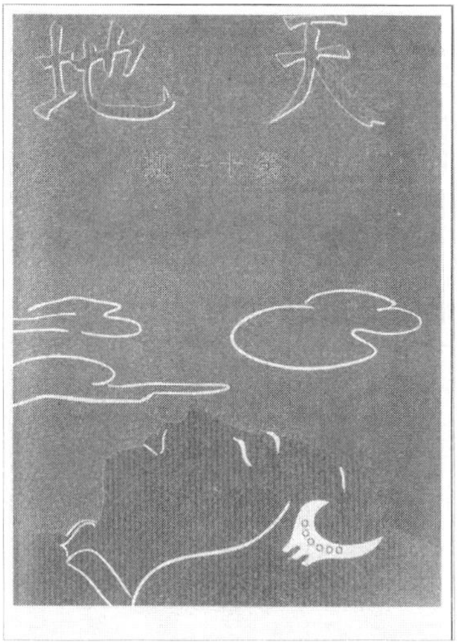

月刊、《新中國報》副刊「學藝」，蘇青主編的《天地》月刊、柯靈主編的《萬象》雜誌、周瘦鵑主編的《紫羅蘭》月刊、周黎庵主編的《古今》半月刊、周班公主編的《小天地》月刊和一九四〇年三月在南京創刊，後來編輯部移到上海的《新東方》月刊及由胡蘭成創辦的《苦竹》月刊等九大刊物中。除了《紫羅蘭》及《萬象》外，幾乎都是與日偽有染的文學期刊，其中《新東方》是由曾任汪偽政治局局長的蘇成德負責的，張愛玲投稿該刊可說是胡蘭成牽的線，而《苦竹》更是由胡蘭成所創辦的。因此若從這點指責她投稿於漢奸主辦的刊物上，顯然也是事實。

當時曾經提拔過張愛玲，發表過她的〈心經〉、〈琉璃瓦〉、〈連環套〉的作家柯靈，一九八四年十一月在〈遙寄張愛玲〉中就說：「張愛玲在寫作上很快登上燦爛的高峰，同時轉眼間紅遍上海。使我一則以喜，一則以憂。因爲環境特殊，清濁難分，很犯不著在萬牲園裡跳交際舞。——那時賣力地爲她鼓掌拉場子的，就很有些背景不乾不淨的報章雜誌，興趣不在於文學而在於爲自己撐場面。」張愛玲的另一友人龔之方更說：「張愛玲非但是寫小說的好手，而且是一名快手，作品連續誕生，刊登在各種報刊上，其時上海報刊的背景十分複雜，有的是受國民黨什麼派的津貼辦的，甚至有的與汪僞有干係的，張愛玲沒有政治頭腦，因此對發表園地也不去考慮是否合適。」柯靈又說：「上海淪陷後文學界還有少數可尊敬的前輩滯留隱居，他們大都欣喜地發現了張愛玲，而張愛玲本人自然無從察覺這一點。鄭振鐸要我勸說張愛玲，不要到處發表作品，並具體建議：她寫了文章，可以交給開明書店保存，由開明付給稿費，等河清海晏再印行。……可是我對張愛玲不便交淺言深，過於冒昧。……我懇切

胡蘭成（右圖）與張愛玲於一九四四年八月結婚，十月創辦《苦竹》雜誌。

陳詞：以她的才華，不愁不見之於世，希望她靜待時機，不要急於求成。她的回信很坦率，說她的主張是『趁熱打鐵』……」

當時的張愛玲正是創作勃發的時候，她又主張「出名要趁早」，於是有「趁熱打鐵」之說。而當時除了上述提到的這些刊物外，已別無發表園地了。雖是投稿於所謂漢奸主辦的刊物上，但她的筆端卻沒有寫過半點歌功頌德的文字。張愛玲的心態，或許從她的好友蘇青可得知一二；蘇青在解放後曾自我辯駁說：「是的，我在上海淪陷期間賣過文，但那是我『恰逢其時』，亦『不得已』耳，不是故意選定的這個黃道吉期才動筆的。我沒有高喊什麼打倒帝國主義，那是我怕進憲兵隊受苦刑，而且即使無甚危險，我也向來不大高興喊口號的。我以爲我的問題不在賣文不賣文，而在於所賣的文是否危害民國的。否則正如米商也賣過米，黃包車伕也拉過任何客人一般，假如國家不否認我們在淪陷區的人民尚有苟延殘喘的權利的話，我就是如此苟延殘喘下來了，心中並無愧怍。」後來蘇青更在長篇小說《續結婚十年》的扉頁題詞上寫著：「衣沾何足惜，但使願無違。」更有強力辯解的意味。

面對此問題，晚近的新文學史家司馬長風的看法，無疑是較中肯的，他說：「當然我們傾心讚賞大義凜然、抗戰不屈的那些作家如李健吾、夏丏尊等，但是對於那些缺乏反抗勇氣的人，筆者不忍概以漢奸指論。殺身成仁、捨生取義，這畢竟是少數仁人豪傑的事情，不能用來衡量普通人。」③

《文化漢奸罪惡史》除了上述的指責外，更嚴重的是指責張愛玲出席了一九四四年十一月十二日在南京舉行的第三屆「大東亞文學者大會」。如果說某些風言風語，張愛玲還能保持沉默的話，對於指責她參加第三屆「大東亞文學者大會」，藉以坐實她的「文化漢奸」的身分，她就不得不開口加以辯駁。一九四六年底她藉《傳奇》增訂本的發行，寫了〈有幾句話同讀者說〉爲自己做了辯白：

我自己從來沒想到要辯白，但最近一年來常常被人議論到，似乎被列爲文化漢奸之一，自己也弄得莫名其妙。我寫的文章從來沒有涉及政治，也沒有拿過任何津貼。想想看我唯一的嫌疑要麼就是所謂『大東亞文學者大會』第三屆曾經叫我參加，報上登出的名單有我；雖然我寫了辭函去，（那封信我還記得，因爲很短，僅只是：『承聘爲第三屆大東亞文學者大會代表，謹辭。張愛玲謹上。』）報上仍舊沒有把名字去掉。至於還有許多無稽的謾罵，甚而涉及我的私生活，可以辯駁之點本來非常多。而且即使有這種事實，也還牽涉不到我是否有漢奸嫌疑的問題；何況私人的事本來用不著向大眾剖白，除了對自己的家長之外，彷彿我沒有解釋的義務。所以一直緘默著。

一九四二年到一九四四年間，日本軍國主義的文化機構「日本文學報國會」策畫加開了三次所謂「大東亞文學者大會」，其用意是想對中國淪陷區文學實施干預和滲透，企圖將中國文學拖入「大東亞戰爭」裡。其中第三次「大東亞文學者大會」在一九四四年十一月十二日於南京召開。據學者王向遠的資料④，日本派出的代表有：長與善郎、土屋久泰、高田眞治、豐島與志雄、北條秀司、火野葦平、芳賀檀、戶川貞雄、阿部知二、高見順、奧野信太郎、百田宗治、土屋文明等十四名。中方參加人數則高達四十六名，其中「滿洲國」代表有古丁、爵青、田魯、疑遲、石軍、小松，還有加入了「滿洲國」的日本人山田清三郎、竹內政一，共八名；華北代表有錢稻孫、柳龍光、趙蔭棠、楊丙辰、山丁、王介人、辛嘉、梅娘、雷妍、蕭艾、林榕、侯少君等，共二十一名；周作人因「高血壓」而不能出席。華中代表有陶晶孫、柳雨生、張若谷等二十五名，其中有不少並非「文學者」，而是汪僞政權中的官僚政客。列席會議的還有當時在南京的日本美術史家土方定一、詩人池田克己、作家武田泰純和佐藤俊子，以及在中國開設書店的內山完造等人。張愛玲實未參加，她不甘心被抹黑，特在抗戰勝利後發表上述聲明，爲自己辯護。其實在日本戰敗前，許多日僞高官如宇垣一成大將及汪僞的熊劍東，都想藉胡蘭成的引薦而結識名噪一時的張愛玲，但都被她一一拒絕了。因此張愛玲無心和漢奸周旋，也是顯而易見的。

因爲有那些上海時期的慘痛教訓，張愛玲對於「漢奸」的指責是極爲敏感的。她不願重蹈覆轍，因爲她的文章而連帶有人對她的人身指控，或許這也是她這篇〈色，戒〉寫了二十多年的原因，她或許不願她的敏感題材在敏感時刻再成爲敏感的話題，於是一改再改，一拖再拖，讓時間沖淡敏感的氛圍，直至在二十多年後才發表。但沒想到還是引來了話題，於是她爲文加以辯白，文章的開頭，她說：「這故事的來歷說來話長，有些材料不在手邊，以後再談。」似乎刻意避開故事來源的問題。而到了一九八八年她在《續集》的〈自序〉裡，她對於當年與張系國的論戰，更說：「……〈羊毛出在羊身上〉是在不得已的情形下被逼寫出來的。不少讀者硬是分不清作者和他作品人物的關係，往往混爲一談。曹雪芹的《紅樓夢》如果不是自傳，就是他傳，或是合傳，偏偏沒有人拿它當小說讀。最近又有人說，〈色，戒〉的女主角確有其人，證明我必有所據，而他說的這篇報導是近年才以回憶錄形式出現的。當年敵僞特務鬥爭的內幕，哪裡輪得到我們這種平常百姓知道底細？記得王爾德說過，『藝術並不模仿人生，只有人生模仿藝術。』我很高興我在一九五三年開始構思的短篇小說終於在人生上有了著落。」

張愛玲這段文字，似乎有意避開〈色，戒〉故事情節是否「有所本」的問題，她甚至以《紅樓夢》爲例，要人們將它當小說讀。更以「當年敵僞特務鬥爭的內幕，哪裡輪得到我們這種平常百姓知道底細？」來辯駁。並說她這小說是在一九五三年開始構思的，而當年的事件報導近年才以回憶錄形式出現。這「以回憶錄形式出現」的報導，當指金雄白一九五九年出版的《汪政權的開場與收場》一書。

金雄白，字烯民。江蘇青浦（今上海）人。一八九四年生。他原是跑政治新聞的名記者，早在一九二九年就是《京報》的採訪主任。抗戰爆發，上海淪陷，他留在孤島租界執律師業。一九三九年八月在周佛海勸說下加入汪僞政

金雄白是民國初年上海資深政治記者。

權，一九四〇年因幫周佛海辦《平報》而成上海淪陷區炙手可熱，顯赫一時的媒體巨頭。歷任南京政府國民黨候補中央執行委員，中央政治委員會法制專門委員會副主任委員，南京《中報》社副社長，南京興業銀行董事長兼總經理等職。抗戰勝利後被國民政府司法當局以漢奸罪名起訴，判有期徒刑兩年六個月。一九五〇年移居香港，窮困潦倒，以賣文爲生。一九五七年以朱子家筆名，爲香港《春秋》雜誌撰寫《汪政權的開場與收場》，以連載方式刊出，一九五九年結集出書。⑤張愛玲強調她是在一九五三年開始構思〈色，戒〉，其時間點遠在金雄白撰寫《汪政權的開場與收場》之前，因此金書非其所本。但在張愛玲改寫的二十多年間，是否看過該書，我們不得而知，尤其六〇年代張愛玲曾一度到香港寫電影劇本。

張愛玲與金雄白其實是上海時期的舊識。一九四五年七月二十一日，《雜誌》月刊社在咸陽路二號舉辦一場特殊的座談會，受邀座談的是兩位新聞界前輩，陳彬龢與金雄白，及兩位紅極一時的年輕女性：一是以〈何日君再來〉、〈夜來香〉等歌曲及〈支那之夜〉等電影馳名的日籍影歌紅星李香蘭（二十六歲）；一是以《傳奇》一書轟動上海灘的張愛玲（二十四歲）。整個座談的主軸是李香蘭與張愛玲，金雄白僅發言兩次，其中一次是對張愛玲說：「由於我辦著一份《海報》，而且時常刊登張小姐的消息的，所以很想聽聽張小姐對小報的意見。……」張愛玲的答覆後來成了廣被引用的資料：

我一直從小就是小報的忠實讀者，它有非常濃厚的生活情趣，可以代表我們這裡的都市文明。還有一個特點：不論它寫什麼，寫出來都是一樣的，因爲寫的是它自己。總可以清楚地看見作者的面目，而小報的作者絕不是一些孤僻的，做夢的人，卻是最普遍的上海市民，所以我看小報的同時也是覺得有研究的價值的。……小報上有些文章說到我，除了有關我的職業道德的，我從來不去辯正，也不怎麼介意，因爲大家都喜歡講別人的。我也在小報上寫過文章，大約因爲體裁不相宜的緣故，不知爲什麼登了出來看看很不順眼，所以我想以後對於小報還是就保持著忠實讀者的地位罷。

參加過這個座談會的，除了《雜誌》的三位記者，以及張愛玲的好友炎櫻、姑姑張茂淵，最引人矚目的是尙有日本軍方的松本大尉及掌理日本在華文化宣傳的「中華電影社」副社長川喜多長政。座談會紀錄〈納涼會記〉隨即於八月號《雜誌》發表，不過該期雜誌出刊十多天，日本就宣布投降了。

但張愛玲的〈色，戒〉這故事到底有沒有「所本」呢？張愛玲一來說是「這故事的來歷說來話長，有些材料不在手邊，以後再談。」這豈不是說此故事有「所本」嗎？後來又說包括〈色，戒〉在內的三篇小說的素材，「都曾經使我震動，因而甘心一遍遍改寫這麼多年，甚至於想起來只想到最初獲得材料的驚喜」。這不更證明〈色，戒〉等是有「所本」的嗎？

張愛玲在一九七一年接受水晶先生的訪問時，曾稱「《傳奇》裡的人物和故

張愛玲（前坐者）一九四五年七月二十一日出席《雜誌》社座談會後與其他與會來賓合影。
右起：金雄白、陳彬龢、陳女士、李香蘭、炎櫻、張茂淵。（《張愛玲資料大全集》p290.）

事，差不多都『各有所本』的」，而張子靜在張愛玲去世後與季季合寫的《我的姊姊張愛玲》書中，更明確指出，〈金鎖記〉的故事、人物脫胎於太外祖父李鴻章次子李經述的家中；而〈花凋〉則是寫張愛玲舅舅黃定柱的三女兒，也就是她三表姊黃家漪的故事。學者馮祖貽也指出，〈創世紀〉是以張愛玲的六姑奶奶，也就是祖母李菊耦的妹妹（任家）的故事爲底本的，另外〈茉莉香片〉則活脫脫是上海張愛玲的家，主人公聶傳慶就是張子靜（當然也有張愛玲的投影）。可見張愛玲的小說大多有其來歷。

學者余斌亦認爲：「張愛玲不是天馬行空型的作家，其寫作常需有所依憑，她的個人經驗其實很有限，唯如此，她總是最大限度地充分加以利用，這裡的經驗有些是親歷，有些得自親朋，有些得自書面材料，要在具有某種直接性，與己可產生某種關聯。……〈色，戒〉故事與她的關係看似遠得多，但故事發生於她最活躍的那一時空，背景、氣氛她自能有一種奇異的感知，間接裡也就存著某種直接。對她這種孜孜於傳達『事實的金石聲』的作家，這樣的故事如沒有原型，才是怪事。在此原型之重要，在於她可藉此生動地延伸想像，曲盡其妙地達到生活的逼眞性。」⑥

金雄白的回憶錄發表以後，〈色，戒〉的本事被指向一九三九年底中統特工鄭蘋如刺殺汪僞特工首腦丁默邨事件，當年在上海淪陷區是「遐邇喧騰」的大事。但那時張愛玲尚在香港大學唸書，有可能根本未曾聽聞。那她的材料，得之何處呢？香港學者兼影評家陳輝揚在其《夢影錄》一書中，就提出：「我一直認爲〈色，戒〉的材料來自胡蘭成，因爲易先生和王佳芝的故事，是根據鄭蘋如謀刺丁默邨一案而寫成的。其中種種細節，只有深知汪精衛政府內情的人才能為張愛玲細說始末。」

正如張愛玲所說的「平常百姓」是無法得知「敵僞特務鬥爭內幕」的，但因後來她與胡蘭成的關係是夫妻而勝似夫妻，兩人相處的日子裡，以胡蘭成的話說常是「連朝語不息」，當然這其中，絕不可能只是談文論藝，像鄭蘋如刺丁案，這種具有爆炸性的香艷話題，胡蘭成自會向張愛玲說起，加之他曾是「魔窟」七十六號的座上賓，與李士群多有交往，更是位「內幕」的知情者，以胡蘭成名士的個性，斷無不賣弄此話題者。

而張愛玲之從未承認這材料得之於胡蘭成，乃由於後來胡蘭成對她感情的背叛，深深傷害到她，所謂「最是傷心終無言」，胡蘭成對張愛玲的傷害，正如曼楨在《半生緣》中的感受——「不管別人對她怎麼壞，就連她自己的姊姊，自己的母親，都還沒有世鈞這樣的使她傷心。」當時張愛玲的心境恐怕是「不管別人對她怎麼壞，就連她自己的父親，自己的母親，都還沒有胡蘭成這樣的使她傷心」。因此即使最親近的友朋如宋淇者，在張愛玲面前，都避談胡蘭成的事。也因此張愛玲沒提及材料得之於胡蘭成，實不願再觸及情傷。另外若因提及胡蘭成將會再度遭致「漢奸」污名的攻訐，更是她深深引以爲戒的。

而對於張愛玲強調的要將它「當小說讀」，學者余斌有一番解讀，他說：「《傳奇》中人物均爲普通人，張身邊的人知道底細，固然對辨出『眞身』懷有濃厚興趣，一般讀者難於索隱其間的對應關係，即便能夠對號入座，這索隱的趣味也只是讀小說的餘興，小說固還是小說。〈色，戒〉則不同，事關重大事件，對應關係太過明顯，讀者更容易買櫝還珠，還原的興趣超過其它，而一經還原，又以爲作者底牌，盡在於此，終是將小說作了野史對待。……〈色，戒〉與『本事』之間的關係顯然複雜得多，說面目全非也許誇張，至少就人物論，是面雖未革而已然洗心。抱負如此，用力如此，張愛玲當然希望讀者專注小說本身，拒絕讀者將〈色，戒〉『還原』爲野史、黑幕（眞正用心的作家，誰不希望讀者以自己所期待的方式對待自家作品？），倘若由還原的衝動引出政治化的索隱或對她個人隱情的究詰（比如由易先生聯想到胡蘭成），則她更不能容忍。拒絕還原的辦法有多種，徹底斬斷小說與本事間的聯繫也許最乾脆，是故張愛玲推得一乾二淨。」⑦

由於題材的特殊，由於自身身分的敏感，由於曾被攻訐打壓的過往，由於要重新解構原本是特工暗殺事件，爲男女情欲的「張愛玲式的戲碼」，張愛玲大費周章地『改寫』這個故事，一遍又一遍，「一點都不覺這其間三十年的時間過去了」。

註解

①陳子善〈一九四五至四九年間的張愛玲——文壇盛名招致「女漢奸」惡名〉，香港《明報月刊》，二〇〇六年十二月。

②張泉〈關於淪陷區作家的評價問題——張愛玲個案分析〉，《江蘇行政學院學報》，二〇〇一年第二期。

③司馬長風《中國新文學史》，香港昭明出版社，一九七五年。

④王向遠〈「大東亞文學者大會」與日本對中國淪陷區文壇的干預滲透〉，《新文學史料》，二〇〇〇年第三期。

⑤羅久蓉〈歷史敘事與文學再現：從一個女間諜之死看近代中國的性別與國族論述〉，《近代中國婦女史研究》第十一期，二〇〇三年十二月。

⑥⑦余斌〈「色·戒」考〉，《萬象》雜誌，二〇〇五年九月。

3

「七十六號」的兩大魔頭

——丁默邨與李士群

提到汪精衛政權的「七十六號」特工總部，就不能不知丁默邨與李士群這兩大魔頭。丁默邨，原名丁勒生，一九○三年生於湖南常德。其父略通文墨，以縫紉爲生，兼裱字畫，家道小康。丁默邨幼時就讀於湖南省立第二師範附屬小學。畢業後，未能考入中學。一九二一年下半年，年輕氣盛的丁默邨隻身前往十里洋場的上海闖蕩。他積極參加青年學生運動，不久便與「社會主義青年團臨時中央局」（即上海團小組）取得了聯繫，並由施存統介紹加入了中國社會主義青年團。

一九二二年春，丁默邨被派往常德省立二師組建團組織，由丁默邨自任組長。同年六月，團員發展到三十五人，小組擴大成社會主義青年團「常德地方執行委員會」，後來丁默邨並擔任團的書記。一九二三年四月，執委會再次改選，丁默邨卻失去書記一職，他在忿忿不平之下，在一九二四年一月，出走到上海，並在這一年叛離共產黨而加入了國民黨。

在上海丁默邨先與葉開鑫創辦了江南學院，並擔任副院長。一九二六年丁默邨到廣州擔任國民黨中央組織部調查科（「中統」前身）辦事員。一九三二年丁默邨擔任國民黨中央組織部調查科上海區直屬情報小組長，在上海文化界進行特務活動。就在此時他認識了李士群。

李士群（右圖）和丁默邨一度活躍於一九三〇年代上海特務圈。

李士群，一九〇五年生於浙江遂昌。幼年喪父，和妹妹靠母親種田爲生，李士群在高中讀了一年多，不忍心母親如此辛勞，聽說上海遍地黃金，乃瞞著母親借了二十元盤纏來到了上海，準備掙了錢給母親享福。但最後卻是餓倒在葉府門口，主人葉夢澤把他安排在書房裡，負責往來的信件與整理書籍。葉家的掌上明珠葉吉卿，長李士群一歲，正讀高三，卻看上他。一九二三年葉吉卿高中畢業，考進大夏大學中文系。第二年李士群進入東亞同文書院就讀，一般人說李士群進了上海美術專科學校是不確的，他壓根兒也沒拿過畫筆。這東亞同文書院成立於一九〇〇年，地點在上海虹橋路，原先的學生都是日本派來的，爲的是培養侵華的「中國通」。一九一九年成立中華學生部，開始招收中國學生。他們的目的是誘使中國青年迷日、親日，充當日本帝國主義的爪牙。在這期間他因同宿舍方本仁的引介而加入了共產黨，並在一九二六年春轉學到上海大學社會系。同年秋天與葉吉卿結婚。一九二七年四月抵莫斯科，入中山大學，不久又轉到位於西伯利亞小城的蘇聯特種警察學校，並在此時結識了同樣來自中國的蘇成德，以後數十年兩人沆瀣一氣，從共產黨員到中統特務，再到汪僞特工，都糾合在一起，這是後話。

一九二九年春李士群回國後，共產黨派他以「蜀聞通訊社」記者身分在上海從事搜集情報的活動。但不久他卻爲公共租界工部巡捕房逮捕，爲了怕被引渡給國民黨政府，妻子葉吉卿找到恒豐錢莊的韓傑，走通了青幫「通」字輩大流氓季雲卿的門路，由季雲卿通過巡捕房裡的熟人，將他保釋出來。後來他便向季雲卿投了門生帖子，從此李士群與青幫拉上關係。一九三〇年國民黨中央組織部調查科的特務，以上海爲重，活動非常活躍，共產組織屢遭破壞。一些經不起考驗的共產黨人，在國民黨的軟硬兼施下，紛紛「自首」叛變。一九三二年，李士群又被調查科逮捕，他眼見地下鬥爭處境艱難，再加上自己貪生怕死及老婆不斷地施壓，就向國民黨「自首」了。

起初他被委派爲調查科上海區直屬情報員，不久，他又奉中央組織部長陳立夫之命，與丁默邨、唐惠民等在上海公共租界白克路（今鳳陽路）同春坊「新光書局」編輯《社會新聞》。該報紙是張四開報，三天一張，它專門無中生有地誣蔑詆毀共產黨及進步人士。當年曾多次誣蔑詆毀魯迅，相關資料收在魯迅《僞自由書．後記》中。

李士群對於自己在調查科充當小角色很是不甘心，於是他千方百計地與中共地下黨聯繫上，謊稱他的投敵是深入虎穴，並非叛變革命。地下黨自然不會輕易相信他，於是給他一項除奸任務，要他幹掉丁默邨，因爲丁默邨叛黨後，出賣組織和同志，惡貫滿盈。但李士群卻把此事密告丁默邨，於是兩人精心策畫了一個「調包計」——殺時任調查科上海區區長的馬紹武，以代替丁默邨。

一九三三年秋的一個晚上，丁默邨約馬紹武、公共租界巡捕房政治部督察長譚紹良、上海警察局特務股主任劉槐等人，在廣西路小花園一家「長三堂子」（高等妓院）打牌吃花酒。折騰至半夜，馬紹武喝得醉眼朦朧，在丁默邨的陪同下，從弄堂裡踉蹌地走出來。這時，早已等候在外面的李士群便暗暗尾隨上前，在馬紹武肩上輕輕一拍，便有人向馬紹武開槍，馬紹武應聲倒地，當場斃命，丁默邨則佯作驚嚇，拔腿飛奔而去。事情發生後，南京調查科電令上海區限期破案。不久，丁默邨、李士群作爲此一案件的重大嫌疑犯，一起被捕。丁默邨因有「CC派」的高級幹部、上海市社會局局長吳醒亞的力保，很快就被釋放了；而李士群因沒有靠山，被押解到南京道署街調查科總部，飽嚐了皮鞭、老虎凳、電刑、灌辣椒水等酷刑，險些送命。後經他老婆葉吉卿「賠了夫人又折財」的營救下，走通了調查科科長徐恩曾的門路，總算被釋放，但仍然規定不得擅離南京。不久，李士群被指派爲調查科編譯股編譯員、南京區偵查員。一九三三年底開始，又擔任「留俄學生招待所」副主任兼「留俄同學會」理事。從此，他鬱鬱不得志，直到抗日戰爭爆發。

一九三五年調查科改爲國民黨中央組織委員會「黨務調查處」；一九三七

年蔣介石爲了統一特務組織，在軍事委員會內設「調查統計局」，丁默邨當上了第三處（郵電檢查處）處長，與戴笠（軍警處處長），徐恩曾（黨務處處長）齊名。抗戰前，丁默邨一直在蔣介石手下任職，抗戰開始後他曾在漢口奉陳立夫之命，「招待」中共叛徒張國燾。而由於戴笠對他的嫉妒，向蔣介石控告他貪污招待費，使他遭到追查。

抗戰爆發後，不久，南京淪陷，李士群跑到漢口，他眼見國軍節節敗退，他有了改換門庭的念頭。正如他事後常常對部屬所說的：「可以在河邊摸大魚，何必到河中摸小魚？我們都是沒有根基的人，到重慶是同別人競爭不過的。蔣介石依靠英、美，我李士群什麼都沒有，就依靠日本人。你說我漢奸也好，流氓也好，反正我有的是錢，有的是力量。」一九三八年春，以軍事委員會調查統計局第一處爲基礎的中國國民黨中央執行委員會調查統計局（中統）正式成立。同年夏秋之交，原任國民黨株萍鐵路特別黨部特務室主任甘青山調任他職，中統改派李士群繼任。李士群領到特務費用後，吞沒了這筆款子，避開中統在廣州一帶布置的耳目，繞道廣西、雲南，經河內、海防，逃往香港。

而在同時調查統計局第一、三處遭撤銷，丁默邨失去職務，僅在軍事委員會掛了少將參議的空名，同時他悶悶不樂，託詞到昆明「養病」。

逃到香港的李士群在日本女特務的陪同下，拜見了日本駐港總領事中村豐一。中村覺得李士群在香港人生地疏，難以發生作用，便把他介紹給上海的日本大使館書記清水董三手下從事情報活動。李士群在清水的直接指使下，以上海住所大西路（今延安西路）六十七號為據點，開始為日本駐滬使館蒐集情報。

有了安全的住所，李士群開始利用金錢拉人入伙。中統上海區情報員唐惠民、國民黨中宣部駐滬特派員章正範、上海特別黨部劉公坦等人一一被拉下水。李士群又通過章正範，聯繫上了國民黨上海特別市黨部委員汪曼雲。汪曼雲是上海青幫老大杜月笙的「學生」，在「軍統」、「中統」特務中屬於「兜得轉」的人物。李士群認為搭上汪曼雲，對自己的安全與活動十分有利。他曾對汪曼雲說：「我投奔日本人，是因為過去『中統』對我手段太辣，要藉此報復一下，出出氣；同時，也因太窮，想在日本人那裡騙上二十萬元，然後滑腳溜走，並不想長幹，希望老兄能了解我的苦衷，如有對我不諒解的人，請代爲解釋，能照應的地方，望多多照應。」汪曼雲則認爲租界已成爲「孤島」，萬一自己有個閃失，有李士群這條通向日本的路子，不失是一條退路，因此也樂於與李士群來往。之後，李士群用從日本人那裡得到的一份名爲〈杜月笙在上海的勢力〉材料作引子，又通過汪曼雲討好杜月笙掛上了鉤。從此，李士群大膽在上海灘廣羅地痞流氓，充作他從事特務活動的基本隊伍。

不久，清水董三試圖讓李士群把情報活動轉向特工行動，來配合汪僞的「和平」運動。李士群知道憑自己的聲望、地位，是難以拉起一支有力的隊伍的。搞特工行動，必須有一批富於特工經驗的骨幹。於是，他想到了老上司丁默邨，他在清水董三的面前，極力吹捧丁默邨在中統的地位、才能及其聲望是如何了得，表示願意讓他坐第一把交椅，而自己副之。在取得日本方面的同意後，李士群便派丁默邨的湖南同鄉，中統特務翦建午專程到昆明相邀，並許丁默邨做前台「經理」。處於失意中的丁默邨，對於李士群的邀約正中下懷，欣然應允，遂於一九三九年一月回到上海。

重光堂會談，左起：周隆庠、高宗武、梅思平、今井武夫。

一九三九年二月初，在東體育會路七號「重光堂」的客廳裡，在清水董三的引薦下，丁默邨、李士群在這裡拜會了日本「反華特別委員會」負責人、大本營特務部長土肥原賢二。會見時，丁默邨大談如何消除藍衣社的恐怖威脅，如何建立一支龐大的特工隊伍，並請求給予援助。土肥原對丁默邨的計畫極感興趣。第二天，派其助手晴氣慶胤來到丁默邨的住所，進一步了解情況。一見面丁默邨就拿出了一份〈上海抗日團體一覽表〉，所列範圍包括：（一）、國民黨上海特別市黨部及其下屬十個黨部和各學校、各團體、各工會中的特別黨部；（二）、青年抗日會、婦女抗日會、人民陣線等；（三）、指揮上海周圍游擊隊的機關——江南游擊總司令部；（四）、國民黨的主要特工組織藍衣社、CC團及三民主義青年團等。並對這些組織的負責人、力量及經費來源等作了詳細說明。這些機密情報資料，是當時日本方面根本無法蒐集到的，因此晴氣慶胤如獲至寶，驚喜萬分。丁默邨乘機又拿出了一份由李士群、葉吉卿編寫的〈上海特工計畫〉。這份計畫以獲取日本經費、武器爲前提，詳細寫明了這個特工組織的方針、工作要領、組織機構、工作據點的設置、行動隊的組成、經費的使用、兵器的保管和修理、反諜報的方法以及內部紀律維護等等，當天晚上晴氣慶胤根據土肥原的命令，直飛東京，向大本營請示，大本營陸軍部軍務課長影佐禎昭，對此極爲重視。

當時影佐禎昭正在策畫以汪精衛爲首的「和平運動」，這個運動將以上海爲中心，於是穩定上海的局勢，鎮壓人民的抗日風潮，制止國民黨特務的恐怖行動，便成爲他整個計畫中心一個極爲重要的部分。因此影佐禎昭極力主張將此作爲「汪工作」的一部分來考慮。由於影佐禎昭的大力吹噓，丁、李的計畫在日本大本營內獲得好評。三天後，日本大本營參謀總長給晴氣慶胤下達了〈援助丁默邨一派特務工作的訓令〉，具體的要求有：（一）制止在租界進行的反日活動，但注意不要和工部局發生摩擦；（二）不得逮捕和日本有關係的中國人；（三）與汪兆銘（汪精衛）和平運動合流；（四）三月份以後，每月給予

汪政權成立，前排左起：今井武夫、汪精衛、影佐禎昭，後排左起：周隆庠、梅思平、犬養健、周佛海、陳公博、伊藤芳男。

經費三十萬日元，並給予彼等手槍五百支、子彈五萬發及五百公斤炸藥。從此上海特工部正式成立，由丁默邨任主任，李士群任副主任，直屬日本大營領導。地址設在上海大西路六十七號。同年八月，以影佐禎昭為首的「梅（思平）機關」成立，這個組織又歸梅機關指揮。

丁默邨的特工組織建立後，立即招兵買馬。一些臭味相投的黨棍、惡霸、地痞流氓、失意政客、軍人，紛至沓來。丁默邨儘管地位較高，又具有特工才能，然因工作環境和條件所限，要想成爲大氣候，還是不易。而在當時，汪精衛發表的「豔電」已明顯表露出投日的決心，因此經汪曼雲的建議，丁默邨決定與汪精衛合流，如此一來馬上「水漲船高」。但是丁默邨當年在陳立夫、陳果夫「CC派」編輯《社會新聞》時，曾對以汪精衛爲頭子的「改組派」破口大罵過，雙方歷史成見很深，因此與汪精衛聯繫，對丁默邨、李士群而言可說是一道難題。正巧汪曼雲要到重慶「中央訓練團黨政訓練班」受訓，丁默邨就託他途經香港時把一千元交給周佛海 。幾天後汪曼雲在香港親自將丁默邨的信交給了周佛海，並詳細介紹了丁默邨在上海的活動情況。周佛海聽了非常吃驚，便說：「默邨既有信來，我可以見他一面。」就這樣幾經周折，丁、汪聯繫渠道終於溝通了。而此時汪精衛正在用人之際，經周佛海出面說合，又見這批人是按日本方面的意見前來投靠的，也就同意接納了。

一九三九年五月六日，汪精衛一行抵達上海，日本方面授意丁默邨、李士群前去拜見，並正式商談彼此合作的條件。丁、李兩人提出的條件是：汪精衛需承認丁、李的特工組織是汪派國民黨的祕密警察，並成立特務工作總司令部，十月以後，經費由汪精衛供給；如果新政府成立，要給丁、李等人內政部、上海市長、江蘇省主席等幾個職位。條件之苛，使汪精衛不知所措。經過一番討價還價，汪精衛最後答應說：「很高興把你們的特工組織作爲特工總部，經費和影佐大佐會談，不會不如意。但是上海市長、江蘇省主席的位置不能給貴部。因爲，上海、江蘇是整個『和平運動』的基礎，內政部長的工作範圍很廣，由特工兼任也是有困難的，但警察行政可以由特工兼任。因此，可以從內政部中把警察行政分離開來，另成立一個警政部，部長、次長由貴方指定好了。」接著汪精衛又圓滑地許諾：「八月召開全國國民大會，請你們務必做發起人。」雙方滿意拍板成交，丁、李二人還向汪精衛表示了「願用性命打賭，定不辜負期望」的誓言。由此，汪精衛的警衛工作，由李士群、丁默邨全權負責保衛。隨著特工組織人數的增加，大西路六十七號已不敷使用，於是丁默邨等人把總部搬進了極司非爾路七十六號，從此「七十六號」便作爲「汪僞特工總部」的代名詞，出現在上海。

當年的汪政權特工大本營「七十六號」。

丁默邨自拉起特工隊伍開始，就在上海展開了破壞抗戰、殘害人民的反革命勾當。爲了壓制上海的抗日輿論，迫害抗日愛國志士，他接二連三地製造了許多血案。陰險毒辣，手段殘忍。他們瘋狂鎮壓、嚴格控制有抗戰輿論的報刊的發行，規定發行前先要接受日僞檢查，發現有「問題」即令停刊。但是上海租界仍有《譯報》、《導報》和《文匯報》等報刊，借外國人名義發行，宣傳抗戰，揭露敵僞陰謀。丁默邨、李士群便指使暴徒用恐嚇信、下通緝令、列黑名單、丟炸彈，或者重金收買、綁架暗殺報人等手段，對幾家報刊進行破壞和打擊，迫使停刊。並公開威脅說：「如果發現有反汪擁共反和平之記載，無論是否中央社之稿件，均認爲台端爲共黨之爪牙，希圖顛覆本黨及危害國家。絕不再做任何警告與通知，即派員執行死刑，以昭炯戒。」當時

《大美晚報》副刊「夜光」編輯朱惺光，不怕威脅恐嚇，公開在報上以決死的精神譴責「七十六號」漢奸的嘴臉，結果被暗殺了。《大美晚報》爲此刊登致汪精衛的公開信，對朱惺光的遇害表示義憤，結果「七十六號」乾脆一不做二不休，將該報的總經理、總編、記者、編輯等先後都殺掉。

「煙、賭、毒」更是特務們重要的生財之道，「七十六號」指令吳四寶負責，將所有賭台納入「七十六號」的勢力範圍。吳四寶規定，所有賭台需到他那裡登記，每月繳納「孝敬費」。並派小特務到各賭台充當保鏢，監督營業狀況。結果賭台養肥了丁默邨、李士群以及吳四寶等大小特務。據統計，當時受其毒害者多達五十多萬人，傾家蕩產的在四千多戶以上。總之，丁、李等汪僞特工，除了爲汪僞「和平運動」、「國府還都」等充當打手外，還越出政治鬥爭的軌道，舉凡綁架勒索、栽贓陷害、賄賂舞弊，以至於煙、賭、毒，只要有利可圖，無所不爲，搞得人心惶惶，上海百姓聞之色變，咬牙切齒地痛恨。

4

一山難容二虎

——丁、李的反目成仇

丁默邨與李士群的結合，完全是建立在互相利用的基礎上，一俟利害發生衝突，便不可避免地走向相互鬥爭的局面。當初李士群找丁默邨來做前台經理時，無非是想利用丁默邨過去在「中統」特務圈裡的地位和聲望，然而自從與汪精衛集團合流後，沒想到原本該歸自己做的「大官」，全給丁默邨攬去，李士群有點悔不當初，但一時又不能翻過臉來，把丁默邨趕走。而丁默邨原本就是個陰險毒辣、心地狹窄，野心更大的人，他自認已經搭上汪精衛這條「大船」，再也不甘心做李士群的傀儡，他處處以老大自居，想「鵲占鳩巢」，獨攬特工大權，這可讓李士群嚥不下這口「鳥氣」。

在汪偽國民黨中央特務委員會成立時，丁默邨就提出在委員會內設八處，把特工權力集中到委員會，由周佛海領虛銜，而由他自己掌權。這個計畫後來被李士群識破，他緊抓不放，結果「特務委員會」之下僅設了個「總務處」，權力仍握在特工總部手中，丁默邨的計畫並未實現。特工總部成立後，丁默邨又極力擴張自己的人馬，當時許多頭面人物，都是通過丁默邨所主持的偽國民黨中央社會部的關係進來的，他們心目中只有丁默邨，而沒有李士群。而且很多人在當年的地位就遠高過李士群，他們根本看不起這個當年的小特務。這一切，使得李士群對丁默邨恨之入骨，必欲除之而後快。此外，「七十六號」成爲汪僞集團的正式特工機關後，經費不再由李士群從日本特務機關領取，而是由汪僞國民黨中央財務委員會撥給，經濟大權旁落到丁默邨手中，他不時對李士群制肘，使得李士群既眼紅又痛恨，兩人的心結日益加深。

丁、李鬥爭的第一回合是關於唐惠民事件。唐惠民是「七十六號」中，僅次於丁默邨與李士群的第三號人物。唐惠民在丁、李之間，與丁默邨感情較爲深厚，而且他原在「中統」地位也比李士群高，因此在兩人的爭鬥中，唐惠民自然地傾向丁默邨。汪僞國民黨「六大」後，丁默邨身兼「七十六號」特工總部主任、僞中央社會部部長、僞中央肅清委員會主任委員三要職，權傾一時。他安排唐惠民和李士群同任「七十六號」的副主任，其目的在藉唐惠民來牽制李士群，免得李士群與自己平起平坐。李士群當然知道此中利害，心雖不滿，卻隱忍不發。當「七十六號」要成立「南京區」時，李士群便以強調其重要性，要將唐惠民調走，讓丁默邨在上海孤立無援；丁默邨認爲讓唐惠民先把

「南京區」抓到手裡，屆時李士群根本插不上手；而唐惠民則樂得天高皇帝遠，佔山爲王。只不過他卻膽大包天，竟祕密接上「中統」特務的老關係，想兩面獲利。他不僅利用汪僞特工總部「南京區」的電台，與重慶的「中統」總部交換情報，甚至還在南京爲「中統」招兵買馬，辦起特務訓練班，替「中統」培養特務骨幹。唐惠民的一舉一動，完全爲李士群所偵知，李士群爲徹底砍掉這丁默邨的左右手，當他蒐集好唐惠民的所有背叛的證據之後，便向丁默邨攤牌，他要「殺雞儆猴」。

於是在「七十六號」的保密室裡，李士群抖著一疊機密情報，對著丁默邨說：「惠民如此胡來，處座你看，我們怎麼向汪先生和日本人交待？」丁默邨完全處於劣勢，他沉默片刻後訥訥地說：「既然證據都在李兄手裡，還有什麼可說？就公事公辦吧！」「處座有所不知，公事公辦，對處座面子過不去，因此才請商量一個萬全之策。」李士群這時眞是得了便宜又賣乖，丁默邨只得一切依李士群的建議，先把唐惠民騙回上海再說，於是以丁默邨的名義，發出密電：「絕密。惠民兄見電立即來滬。默。」唐惠民見丁默邨找他，不疑有他，立即到了上海。「七十六號」的特工在北站「迎接」他，將他帶往北四川路的「新亞酒店」軟禁起來。

當唐惠民被軟禁之後，李士群就再也不買丁默邨的帳了。他在會議上嚴肅地說：「惠民雖是處座的至交，也和士群共事多年，但目前此事非同小可，大家都會惹來殺身之禍！唯今之計，只好如實報告影佐和晴氣，將惠民判處死刑，立即槍決！」丁默邨知道這是李士群的「撒手鐧」，是衝著他來的，但他在此時又不能公開保唐。後來還是汪曼雲出來轉圜：「要說惠民的作爲，槍斃也不過份。無奈大家都是生死之交，出山兄弟，就請士群兄不要做絕了，至少給處座留點迴旋的餘地。我看是不是這樣：將惠民在『七十六號』削職軟禁，永不錄用，留他一條性命，也不枉共事一場。至於汪先生和日本人處，就更不能說了，家醜不能外揚呀！」李士群原本就沒有要殺唐惠民的意思，於是他見好就收，他爽朗地說：「曼雲兄不愧大才，說得對極！就照您講的辦，處座您看如何？」丁默邨感到彷彿給人狠狠摑了一記耳光，他回答道：「我不便發言，我沒有意見。」於是唐惠民在關押幾個月之後，便投向李士群的懷抱了。丁默邨經此事件後，銳氣頓時大減，相對的李士群的勢力卻大大的提升了。

丁、李爭鬥的第二回合，是關於張小通事件。張小通原是國民黨上海特別市黨部「黨皇帝」吳開先手下的一員大將，曾擔任過市黨部中統室主任。與丁默邨義結金蘭，有八拜之交。一九三九年夏，張小通與汪僞國民黨中央委員、原國民黨上海特別市黨部宣傳科主任黃香谷暗中接洽投靠汪精衛，不料爲剛剛到達上海的吳開先發現而制止。但李士群等人認爲，張小通是國民黨上海特別市黨部內專搞特工的人物，非得拉進「七十六號」不可，他們根據黃香谷提供的線索，逮捕了張小通，由蘇成德、馬嘯天進行審訊，要他參加「七十六號」，並交出國民黨上海特別市黨部的組織名單。張小通的昔日老友和同事汪曼雲、蔡洪田聞訊，急忙拿著丁默邨的條子來看望張小通，並請李士群手下留情。李士群原本打算放張小通一馬的，卻沒想到丁默邨派人來救援、求情，反被激怒了。他心想張小通既是黨棍又是「中統」特務，放了他，勢必跟著丁默邨跑，不是讓丁默邨如虎添翼嗎？但又沒有藉口殺他，於是派人將張小通祕密押往南京。一方面叫汪曼雲告訴丁默邨說：「一切放心。處座的人，就是我的人。張小通正在南京好好休養呢。」一方面要蘇成德執行死刑密令：灌以放滿砒霜的毒酒，再將屍體砍成數段，放入罈中，倒入硝鏹水，以毀屍滅跡。事成之後，蘇成德給上海來了個急電：「張小通越獄潛逃，現正嚴緝中。」丁默邨又再一次栽在李士群的手中。

丁、李交鋒最精彩的是鄭蘋如暗殺丁默邨事件。「中統」用美人計要殺丁默邨；而李士群將計就計跟蹤破案，使得丁部長顏面盡失、醜態百出，終至退出汪偽特工的舞台。這也是張愛玲小說〈色，戒〉的「本事」，我們將在專章討論。

丁、李爭鬥的第四回合，是關於爭奪「警政部長」的席位。一九四〇年初汪偽「還都」的前夕，圍繞著「警政部長」的席位，丁、李的衝突發展到最高峰。根據一九三九年五月丁、李與汪精衛的約定，汪偽的「警政部長」一職，由「七十六號」頭目擔任。汪精衛原先內定丁默邨擔任部長，李士群擔任政務次長。丁默邨得意洋洋，以為自己既是汪偽國民黨中央社會部長，又兼汪偽行政院警政部長，集民運、特務、警察三位於一體，可以完全壓倒李士群了。但

周佛海於汪政權中擔任要職，早年曾參與中共建黨。

李士群並不甘示弱，他先擠掉了丁默邨的特工總部主任一職，接著又公開反對丁默邨兼任僞警政部長，要求由他自己擔任此職。爲此鬧得不可開交，一九四〇年二月中旬，周佛海在他的日記中，就記載了丁、李之爭「煩惱異常」。他哀嘆：「前有高、陶（案：高宗武、陶希聖）之出走，後有丁、李之爭執；面子丟盡，氣亦受夠矣！」「一週來爲人事問題，嘗盡人生未有之痛苦，前途茫茫，更不知如何收拾！」可見雙方爭奪之激烈了。

李士群在這場爭奪戰之中，巧妙地利用汪僞政權內部實力派周佛海與丁默邨之間的矛盾，向周表示效忠，一度成爲周佛海左右的紅人，除了得到周佛海的支持外，主要還由於李士群與日本人的關係遠比丁默邨來得深，他得到了「梅機關」的實力人物晴氣慶胤的全力支持。一九三九年底，在晴氣的引線安排

下，李士群曾偕同親信夏仲明，到日本東京活動，取得日本參謀本部對他全力支持的保證。因此在「還都」南京的前夕，李士群提著槍跑到「梅機關」，氣呼呼地對晴氣說：「老子不幹了。『還都』我吃了老丁的大虧！什麼好處也沒撈到，還要我給他當次長，我不幹。你們去『還都』吧，我不還了。」晴氣怕李士群亂來，小心地問：「那爲什麼不幹呢？」李士群越發生氣地說：「我幹的這一行，人人厭惡，不僅重慶反對我，和平地區的老百姓反對我，我們政府裡的人也反對我，乃至你們日本人同樣也會反對我。因爲我這個工作是惡性的，任何人不會同情我，我今後在政治上將始終受人排擠，沒有前途，我何必再幹呢？」日本人擔心李士群要出花樣，東京參謀本部出面，向李士群保證全力支持。汪僞內部也普遍擔心，李士群鬧到最後將「敲破狗食盤，大家吃不成」。於是決定由周佛海兼任警政部長，李士群任次長。這其實是在暗中幫助李士群，因爲不久之後，周佛海就辭去警政部長的兼職，而由李士群扶正了。而從此之後，丁默邨也完全被架空，完全被排擠出特工總部。「七十六號」成了李士群的一統天下。

戴笠曾任軍統局副局長，是蔣介石的親信。

一九四一年五月，汪僞「清鄉委員會」在南京正式成立，由汪精衛任委員長，陳公博、周佛海任副委員長，李士群任秘書長，執掌實際權力。李士群利用「清鄉」的機會，使特工勢力獲得了大發展，勢力範圍由上海、南京，推向整個汪僞政權管轄區，並把它的觸角伸向汪僞政權基層的各個角落。但也由於李士群「權高震主」，在日本侵略者面前逐漸失寵，而又與周佛海之間矛盾激化，使得周佛海想除之而後快。一九四三年夏天，重慶軍統局給與重慶政府保持祕密聯繫的周佛海下達了「除奸令」，要他想方法殺掉李士群。

根據軍統局的「除奸令」，周佛海一夥擬定了殺害李士群的上、中、下三策。「上策」是利用日本侵略者和李士群之間的矛盾殺掉他；「中策」是利用李士群與其他漢奸的內訌除掉他；「下策」是由「軍統」特務去執行狙擊。經過反覆比較利弊，軍統局決定採用「上策」，借日本侵略者之手除掉李士群。一九四三年九月六日晚，上海日本憲兵隊特高課長剛村藉口調解李士群與熊劍東的矛盾，約他們兩人同到外白渡橋百老匯大樓（今上海大廈）談話。席間李士群誤吃了他們早先已下毒的牛肉餅，第三天下午五時，終於毒發斃命，死時才三十八歲。

而丁默邨在被迫退出「七十六號」後，在周佛海與李士群衝突日益尖銳時，在周佛海的拉攏下，他表示要跟定周佛海；但就在這同一時刻，他又偷偷向「公館派」靠攏，將從周佛海處獲悉的一些祕密，包括毒斃李士群的情況，向汪精衛告密，取得汪精衛的信任。所以李士群死後，他便自然得到陳公博的信任，被委以重任。一九四五年一月，他兼任僞最高國防會議秘書長，五月又調任僞浙江省省長、浙江省黨部主任委員、駐杭綏靖公署主任、浙江省保安司令等職。在抗戰後期，丁默邨轉而投靠軍統，與戴笠建立了聯繫；在任浙江省省長期間，又與第三戰區司令長官顧祝同信使往返不絕。他通過戴笠和顧祝同，向政府保證：「決心以原樣的浙江歸還中央，決不讓共產黨搶去！」因此日本一投降，他立即被政府任命爲「浙江軍事專員」。

據金雄白在《汪政權的開場與收場》書中的記載：

因爲默邨與戴笠之間，過去有著同僚共事之誼，當時亦早已暗通聲氣，所以在勝利前不久，竟得由「交通部長」而出任「浙江省長」，爲佛海佈置策應大反攻的一個前哨環節。……而勝利來臨，戴笠飛滬以後，丁與數度接洽，戴笠極盡其撫慰之能事，默邨以爲有此奧援，或可茍全性命。故民國三十四年九月三十日周佛海專機送渝時，默邨受戴之邀，欣然隨機同往，也一起做著重慶的土橋特客。也許戴笠之死，對他也有著很大的影響，因此以後又解送南京，受首都高等法院審判，初審判處死刑，覆判仍加核准。本來那時的法官要表示出他們的大義凜然，以苛刻爲能事，判刑之前，庭上的呼叱譏諷，司空見慣，而首都高院中，以推事金世鼎尤爲兇辣，獄囚爲其恭上徽號曰「金剝皮」。如默邨的曾爲汪政權特工首領，又何能逃其必死的命運？他在老虎橋獄中被判處死刑以後，一直就沮喪、焦慮，懸懸於朝夕的被拖出執刑。在民國三十六年七月五日的正午，終於到了他畢命的日期。那天法警去提他時，他已知道了是執刑的時候到了，面色立刻慘白得了無一絲血色，兩腿也癱軟得已不能行走。由兩個法警左右夾持著他的雙臂，挾著他提出獄門，迨行至二門時已經神智模糊，知覺盡失。所以他在法庭上無遺言，也無遺書，就匆匆送赴刑場槍決。

金雄白對此情景，曾感慨地說：「平時以殺人為業者，至一旦被人所殺時，反而驚惶失措，醜態百出。上海既有『黃道會』的常玉清，而南京又有特工領袖的丁默邨。」

INK PUBLISHING

讀者服務卡

您買的書是：________________________________

生日：________年________月________日

學歷：□國中　□高中　□大專　□研究所（含以上）

職業：□軍　□公　□教育　□商　□農

□服務業　□自由業　□學生　□家管

□製造業　□銷售員　□資訊業　□大衆傳播

□醫藥業　□交通業　□貿易業　□其他________________

購買的日期：________年________月________日

購書地點：□書店　□書展　□書報攤　□郵購　□直銷　□贈閱　□其他

您從那裡得知本書：□書店　□報紙　□雜誌　□網路　□親友介紹

□DM傳單　□廣播　□電視　□其他

您對本書的評價：（請填代號 1.非常滿意 2.滿意 3.普通 4.不滿意 5.非常不滿意）

內容______ 封面設計______ 版面設計______

讀完本書後您覺得：

1.□非常喜歡　2.□喜歡　3.□普通　4.□不喜歡　5.□非常不喜歡

您對於本書建議：

感謝您的惠顧，為了提供更好的服務，請填妥各欄資料，將讀者服務卡直接寄回或傳真本社，我們將隨時提供最新的出版、活動等相關訊息。

讀者服務專線：（02）2228-1626　讀者傳真專線：（02）2228-1598

廣 告 回 信
台灣北區郵政 管理局登記證
北台字第15949號

235-62
台北縣中和市中正路800號13樓之3

印刻出版有限公司　收

讀者服務部

姓名：________________　性別：□男　□女

郵遞區號：__________

地址：____

電話：（日）________________（夜）________________

傳真：____________________

e-mail：____

INK

5

一個不尋常的女人：鄭蘋如

三〇年代上海第一大畫報《良友》的主編之一馬國亮，在二〇〇二年出版的回憶錄《良友憶舊——一家畫報與一個時代》一書中的〈不尋常的封面女郎〉一節中，這樣寫著：

有侵略，就有反侵略，有漢奸，就有反漢奸。刊登「蘆溝橋事變」的一百三十期的《良友》，其封面也與過去各期封面一樣，是一位小姐的半身像。但這位小姐不是一位平凡的女性。正因爲這樣，她不讓我們在該期的目錄上，寫出她的全名，只寫了「鄭女士」三字。直到好幾年以後，我們才知道她是一個轟轟烈烈，獻身抗敵的愛國烈士。她的全名是鄭蘋如。那時候，日本軍國主義者不斷以武力蠶食我國的同時，也在掠奪到的地方樹立僞政權，施行以華治華的狡獪伎倆。爲挫敗敵人的陰謀，爲使爲虎作倀的敗類喪膽，鄭蘋如就是我方執行這一任務的工作人員之一。她原是我國法院的一個法官的女兒，家住上海舊稱法租界的萬宜坊。當時她打入一個漢奸集團，準備執行上級的計畫，爲國除奸。不料事機不密，被日軍拘捕，終以身殉，爲國犧牲。我們刊登這封面時並

一九三〇年《良友》畫報一百三十期的封面人物即是鄭蘋如。

不知情。只在全面抗戰軍興以後才略有所聞。已故中國著名學者鄭振鐸先生和鄭蘋如的父親是素識，曾親口談過此事。在以後的年月中，《良友》也沒機會表揚這位壯烈殉難的中華兒女。事隔五十年的今天，我認爲仍應該把她的英勇行爲告訴我們過去的讀者，並表示我們對她的敬意。

鄭蘋如（一九一八—一九四〇），浙江蘭溪人。父親鄭鉞，又名英伯，早年留學日本法政大學，追隨孫中山先生奔走革命，加入了同盟會，可說是國民黨的元老。他在東京時結識了日本名門閨秀木村花子，花子對中國革命頗爲同情，兩人結婚後隨著丈夫回到中國，改名爲鄭華君。他們先後育有二子三女，鄭蘋如是第二個女兒，從小聰明過人，善解人意，又跟著母親學了一口流利的日語。她有一個哥哥叫南陽，是學醫的，一個妹妹模樣兒生得和她差不多，也愛好修飾，舉止浪漫，有人便把她倆叫做鄭家的一對姊妹花。鄭鉞回國後，曾任上海復旦大學教授，還擔任過江蘇省高等法院第二分院首席檢察官。他與陳果夫、陳立夫的堂弟，「中統」特務陳寶驊關係甚密，交往頻繁。因之不僅鄭鉞做了陳寶驊工作上的幫手，鄭南陽與鄭蘋如姊妹也做了陳寶驊的朋友。更因陳寶驊的關係，鄭蘋如成了「中統」的女情報員。

七七抗戰後，鄭蘋如毅然參加抗日救亡運動。因她自身的優越條件（社會關係和良好的日語能力），她加入中統，擔任了抗日的地下工作，這時她只有十九歲。花樣年華，風姿綽約的她，是上海灘有名的美人。她的名媛身分，也是間諜工作的一種掩護。

鄭蘋如憑藉母親的關係，得以周旋於日寇的高級官佐中。她曾和日本首相近衛文麿派到上海的和談代表早水親重攀上關係，繼而又通過早水的介紹，結識了近衛文麿的兒子近衛文隆、近衛忠麿，以及華中派遣軍副總參謀長金井武夫等人，探聽到汪精衛「將有異動」的重要情報，通過祕密電台上報重慶。可惜政府起先並未重視，直到汪精衛逃出重慶投敵後，方知鄭蘋如掌握的情報屬實。台灣中央研究院近史所學者羅久蓉亦提到，一九三八年一月淞滬戰爭爆發後近衛文隆來到中國，任職上海東亞同文書院，認識了鄭蘋如，二人經常在賽馬場與靜安寺路一帶夜總會流連忘返。某日清晨，宿舍管理人員發現近衛文隆

鄭蘋如居住的萬宜坊。

徹夜未歸，疑恐遭人綁架。滬西日本憲兵隊聞訊後，十分緊張，四出尋找，最後發現他與鄭蘋如夜宿友人家中。不久之後，近衛文隆即因此被父親召回東京。

抗日戰爭全面爆發以後，國民黨軍事委員會少將參議丁默邨（一九〇一——一九四七）從昆明逃往上海日占區，組建了汪僞政權的特務機構七十六號特工總部，自任主任，與國民黨的軍統對抗。因爲丁默邨是國民黨特務出身，對中統與軍統的內部機構及活動規律一清二楚，因此在特工戰中，中統與軍統常常遭到致命的打擊。重慶的國民黨當局遂命令其特務機關抓緊時間，不惜一切代價幹掉丁默邨。

鄭蘋如在上海民光中學讀書時，丁默邨曾任這個中學的校長，兩人有師生之誼。丁默邨對自己的學生、貌若天仙的鄭蘋如十分信任。他以爲鄭蘋如貪圖他的權勢，愈發得意，在她身上花錢如流水，事事依從，形影難分。他哪知道這個貌似涉世不深、恃寵成嬌、貪圖金錢的妙齡少女正把自己引向中統特務的槍口。

一九三九年十二月二十一日，丁默邨去滬西一個朋友處赴宴，打電話約鄭蘋如同行。中統特務立即作好了中途截殺丁默邨的計畫。鄭蘋如這天特意打扮得花枝招展，更引得丁默邨神魂顛倒。當鄭蘋如在宴後提出去買大衣的要求後，丁默邨立即用自己的小轎車帶鄭蘋如直奔俄人經營的西伯利亞皮貨店。丁默邨這天連一個警衛都沒帶，只有一個司機還候在車內。中統的便衣特務一見目標出現，立即向皮貨店靠攏。丁默邨行事警覺，時時都在提防會有人暗算自己。突然他從店內的玻璃鏡內觀察到有幾個可疑的人正向自己靠近，立即知道陷入了伏擊圈。老奸巨猾的丁默邨叼上一根香菸，借掏火之際掏出一大把鈔票，對她說：「你自己揀吧。」說完猛拉開店門衝了出去。鄭蘋如驚了一下，隨即收住要跨出去的腳：預伏的中統局人員要開槍了。中統的特務未料丁默邨會一個人衝出來，待辨認確實後開槍射擊，但丁默邨已經鑽進自己那輛防彈汽車裡了。司機一見丁默邨衝出來，知道事情有變，立即發動了引擎，待丁默邨

刺丁失敗，鄭蘋如死時才二十三歲。

一進來就加大油門飛奔而去。

中統的美人計未能殺死丁默邨，卻把鄭蘋如給暴露了。五天之後，鄭蘋如被捕，次年二月遭「七十六號」槍決於滬西荒郊。關於鄭蘋如被捕及槍決的經過，說法甚多。一說是案發之後，她爲了確認丁默邨是否懷疑她的身分，特別找到熟悉的日本憲兵分隊長一同去七十六號。她以爲有滬西憲兵隊的這個「小太上皇」同行，七十六號即使懷疑也不便於抓她。其實丁默邨和鄭蘋如的電話早已被他的副手李士群監聽。當李士群得知鄭蘋如在日本憲兵分隊長的陪同下來看丁默邨，立即請駐七十六號的日本憲兵頭頭澀谷准尉叫出那個滬西憲兵分隊長，告之以實情，接著特務們即逮捕了鄭蘋如。丁默邨原不想殺鄭蘋如，他只想殺殺鄭的氣焰後收爲己有——丁默邨確實太迷戀這少女的色相了。在審訊的過程中，鄭蘋如也聲稱自己不是「重慶的人」；「丁默邨與我相好後，又別有所戀，我實不甘心，就用錢請人來打他」。言語之中把一個政治暗殺說成是男女之間的爭風吃醋。而一批與這件案子無關係的女人，如汪精衛之妻陳璧君，周佛海的老婆楊淑慧，以及李士群的妻子葉吉卿等卻一致主張非殺鄭蘋如不可。一九四〇年二月，李士群瞞著丁默邨，下令殺害了鄭蘋如，祕密處決於滬西中山路旁的一片荒地，連中三槍，時年二十三歲。

鄭蘋如被槍決後，據說重慶中統局曾為她開了一個追悼會。抗戰勝利後，國民黨政府開始審訊漢奸，她的家人向法院鳴冤控訴，刺丁案再度流傳開來。一九四六年十一月十六日鄭蘋如之母鄭華君為丁默邨殺害鄭蘋如致函首都高等法院云：

為憑藉敵勢殘害忠良、訴請嚴予處刑以彰國法事。竊氏先夫鄭鉞，清末留學東瀛，加入同盟，追隨國父及于右任院長，奔走革命有年。辛亥、癸丑兩役，先夫皆躬與其事。民國二十四年授命上海高二分院首席檢察官，「七・七事變」猝發，先夫悲憤萬狀，滬淞淪陷即杜門謝客，而敵偽深知其為人望，欲藉以爲號召，對之極盡威逼利誘之能事。先夫大義凜然，矢志靡他，亟以雪恥救國諄諄教導子女。子曰海澄，投筆從戎，效力空軍，與敵周旋之後竟爾成仁，完成其報國素志，女曰蘋如，由上海法政學院畢業，愛國之志勝於鬚眉，二十六年承嵇希宗介紹，加入中央調查統計局工作，以獲取敵僞情報及破壞工作爲天職。丁逆默邨、李逆士群均在滬西極司非而路七十六號組織僞特工總部，丁逆擔任主任僞職，專以捕戮我方愛國同志、獻媚日敵爲事。熊劍東曾爲丁逆逮捕，熊妻與蘋如共同設法營救。蘋如前肄業民光中學，時丁逆適長是校，蘋如藉此關係，故得對丁逆虛與委蛇，冀從中獲取便利。由是探悉前高二分院郁華庭長、前一特地院錢鴻業庭長之被暗殺，皆由丁逆爲厲之階，蓋欲破壞我方在滬整個法院也。該逆向蘋如曰：汝父任高二分院首席檢察官，亟宜參加和運，若不識時務，勿謂七十六號無人，行將奪取汝父生命云云。蘋如聞之憤不可遏，當訴由先夫以情密陳司法院在案。蘋如於二十八年奉中統局密令，飭將丁逆置諸重典，遂與嵇希宗及鄭杉等暗中會商，決議由蘋如以購辦皮大衣爲由，誘令丁逆同往靜安寺路戈登路口西比利亞皮貨店，並於附近伏戎以待。

蘋如於十二月二十一日午後五時許將丁逆誘到該處，某同志即開槍向之射擊，惜乎手術欠精，未能命中，當被遁逸。丁逆由是痛恨蘋如，欲得而甘心焉。卒於是月二十六日將蘋如捕去，更有丁逆之妻及其他某某兩巨奸之妻亦參預逆謀，極力主張應置蘋如死命，蘋如遂及於難。……

對於鄭蘋如之死，同年十二月二十七日一位杭州的張振華讀者致函《大同報》提供一些資料，說法略有不同：

對殺害鄭蘋如女士是在二十八年冬間，其時丁默邨任蘇浙皖肅清委員會副主任委員（正主任委員是周佛海），兼特工總部部長（僞維新政府亦有番號，類同之蘇浙皖綏靖委員會，部長爲任援道）。肅委會下分四路，番號是中國國民黨反共救國軍第一路司令王天木，第二路司令何行健（在好萊塢舞廳被刺），第三路司令田會林，第四路司令林之江。鄭女士乃林之江由滬西舞廳綁回，出動汽車四輛，特務人員二十餘人，均備有德國自來得手槍。綁回後並不動刑，審問數次，最後由丁默邨親自審問。據說丁逆與鄭女士尚有師生之誼，此次係鄭女士指揮地下工作同志數人，行刺丁逆未成被捕。在滬西憶定盤路三十七號軟禁一月左右，林之江色性天成，竟思污辱鄭女士未成（林之江亦欲鄭女反抗中央）。鄭女士之死全係丁逆主動，丁逆口供云：當時已身行動不自由皆係謊言。極司非而路七十六號，周佛海不過掛個空銜而已，生死權皆操於丁默邨之手。後因鄭女士不肯妥協，丁默邨命令林之江執行鄭女士之死刑。刑場在徐家匯過火車站之荒野地方，其時林之江之衛士不忍下手，命中要害後，由林之江親自射擊三發，一中胸部，二中頭部，方始斃命。死時穿著金紅色之羊毛內衣，外披馬皮大衣，胸前掛有金鏈及一雞心金質之照片，大衣及金鏈等物歸林之江取去，提出三百元作爲公積金。此一代可敬可佩之鄭女士，被丁默邨一紙命令而致香殞玉消。今審奸工作尚未完成，特提出一點資料，作爲參考。文字之拙劣，在所不計，聊代鄭女士一伸奇冤，並加丁默邨之罪也。

丁默邨後來被以漢奸罪名拘捕並起訴。一九四七年二月三日，他在〈補充答辯書〉以鄭蘋如爲日人所殺爲自己辯護：

關於鄭蘋如女士被害一節，以被告所知乃敵寇所爲。緣鄭母係日人，鄭在日生長，日語極佳，日友極多，日籍密友亦不少。鄭於民國二十四、五年即爲敵寇作情報工作，常奔走於上海虹口日人區域，敵方亦視鄭女士爲半個日本人。二十八年冬，其日友有數人以共產黨嫌疑被敵寇逮捕，涉及鄭女士，旋又發覺鄭女士有暗通中央之嫌。敵寇以鄭女士爲日方情報員，竟與我中央及共產黨同時有關，痛恨異常，故壓迫鄭母將鄭女交出，架往虹口禁閉。鄭之密友，日人花水等均被敵方拘押嚴辦。以上情形，被告於事後由敵寇方面陸續聞知，且當時敵寇氣焰高張，鄭母既爲日人，鄭本人又與敵方關係深切，被告有何力量敢捋虎鬚？倘非敵寇下手，鄭女士何致被捕？倘係被告所害，鄭母當時必對敵寇控訴，安能遲至今日？況被告當時方被李士群劫持，何能加害他人？故鄭女士之被害顯係敵寇下其毒手，被告絕對無關。……

這是丁默邨在面臨謀殺愛國志士的嚴重指控時，爲自己脫罪之詞。一九四七年五月一日，最高法院以「通謀敵國，圖謀反抗本國」罪判處丁默邨死刑。判決書中詳列丁之罪狀，包括「主使戕害軍統局地下工作人員及前江蘇高二法院庭長郁華、與參加中統局工作之鄭蘋如」。一九四七年七月五日遭到槍決。

鄭蘋如的父親鄭鉞，在鄭蘋如被捕後，不願以出任僞職保釋女兒，一病不起，於一九四一年初抱恨而終。鄭蘋如的另一位哥哥鄭海澄在一九四四年的一次對日空戰中犧牲。一直支援中國人民抗擊日本侵略者的鄭華君女士，於大陸淪陷前遷臺，由其三女公子靜芝奉養。一九六六年以八十高齡病逝於台灣，總統蔣介石曾頒賜「教忠有方」輓額，以表彰之。

6

重尋〈色，戒〉的歷史場景

張愛玲的小說〈色，戒〉，雖有諸多論者指向她是以鄭蘋如謀刺丁默邨為原型，但張愛玲始終沒有明確的承認過。儘管如此，小說第三段就提到，「跟汪精衛的人，曾仲鳴已經在河內被暗殺了」；汪精衛從重慶轉河內到香港，再到了上海，這無疑符合當時的歷史事實。它不同於其他張愛玲的小說，你或許不需知道她小說背後的「本事」，但並不妨礙你對小說的了解。但對〈色，戒〉而言，追索小說的「本事」，卻有助於對小說的更進一步了解，甚至可從張愛玲的「改寫」過程中，看到她所謂的「靈魂的偷渡」。因此，本文就從鄭蘋如謀刺丁默邨「本事」中的幾個歷史場景說起。

一、從「金屋藏嬌」到「禍國殃民」的「汪公館」

在上海愚園路上有兩處最有名的花園洋房，其中一處即是現在作為「長寧區少年宮」的「汪公館」。「汪公館」是上海淪陷時期汪精衛的公館，是一幢豪華精美的西班牙式別墅，園內一方平整的綠茵，把小樓映襯得格外雍容。

「汪公館」座落在現今愚園路一一三六弄三十一號（原為愚園路三一〇

號）。「汪公館」的前身是「王公館」，因為起造它的主人是戰前任國民政府交通部長兼上海大夏大學校長的王伯群。

王伯群，原名文選，字蔭泰，一八八五年生於貴州省興義縣景家屯，其父王起元以辦團練而聞名鄉里。一九〇五年他得舅父劉顯世資助，東渡日本留學，五年後畢業於日本中央大學政治經濟系，期間並加入同盟會。辛亥革命爆發後，王伯群回到家鄉，與其弟王文華、妹夫何應欽，以黔系領導人物折衝於各系軍閥之間。

一九二四年夏，廈門大學發生學潮，二百多名學生失學，部分教授為學生鳴不平辭職來到上海。王伯群時在上海當寓公，便捐款二千元與這些教授辦起了大夏大學；初任校董會主席，兩年後因馬君武辭校長職，王伯群繼任校長。「四一二」清黨後，他因有何應欽為靠山，乃於一九二八年出任交通部長兼招商局監督。

王伯群出任交通部長後，仍兼大夏大學校長一職。一九二九年，在一次學校慶典活動上，時有「校花」之稱的學生保志寧上臺向他獻花，這位早過不惑之年（四十四歲）的部長兼校長，竟對這朵整整小他二十六歲的「校花」一見鍾情，從此苦苦追求。保志寧是滿清貴族後裔，家住南通。其父在南京政府供職，其叔保君健曾任上海市教育局長。保志寧人長得眉清目秀，且善辭令，原就讀滬江大學，以其「才貌雙全，男同學之追求者多而切，不勝其擾，乃轉學大夏大學」。王伯群原有一妻二妾，妻子去世後，一位姨太太先遭遺棄，另一位在他與保志寧談論婚嫁時亦遭「編遣」。

據說王、保兩人當初議及婚嫁時，保志寧曾提出三個條件：一，贈其嫁妝十萬元；二，婚後供其出洋留學；三，爲其購置一幢花園別墅。其中購置花園別墅一項，恰巧當時辛豐記營造廠正在承建南京交通部辦公樓及上海大夏大學的教學樓，於是王伯群便一併交該承建商「代勞」。他選定愚園路上的屋址後，即於一九三〇年破土動工，歷時四年，於一九三四年落成。辛豐記老闆爲取悅王部長，可謂不惜工本，所用材料中的硬木地板、金山石、馬賽克瓷磚、牛皮石灰等，堪稱高檔。該別墅由協隆洋行（A. J. Yaron）設計，主樓爲四層，其中地下一層，地上三層，係鋼筋混凝土結構，坐北朝南，外形爲哥德式，但局部

愚園路汪精衛舊宅，現在則是長寧區少年宮。

立面帶有西班牙式建築風格。建築爲對稱布局，中央有室外大樓梯越過半地下室的底層，直接進入一樓門廳。整幢建築有大、小二廳，房間三十二間。客廳採用東方傳統藝術裝飾，梁柱平頂飾以彩繪，配以壁畫。地坪採用柚木鑲嵌成蘆蕉紋圖案，扶手欄杆也用柚木製成，室內扶梯花紋則用紫銅仿古鑄造。起居室是西班牙古典裝飾，書房、臥室則採用不同的摩登風格，還專闢有女主人閨中會客室，用以款待女眷，於豪華中顯示高雅。主樓南側是一片開闊的草地，遍植花木，亭台假山、小橋流水點綴其間，盡顯幽雅。四周圍牆築成城堡式，牆壁塑有梅花圖案，就連門窗拉手也全用紫銅開模，鏤空鑄成松花圖案，其風格與主樓一脈相承。

王伯群與保志寧的婚禮於一九三五年六月十八日在上海徐園舉行，證婚人爲「黨國」元老許世英、張群。當時輿論界對這位「老」校長娶「小校花」本有微詞，對那幢美侖美奐的「金屋」，更是群起而攻之。其中三聯書店鄒韜奮主編的《生活》週刊迎頭痛擊最力。於是就有監察委員提出彈劾案，一九三五年底王伯群因此被迫辭職。時人戲稱王伯群是「娶了一個美女，造了一幢豪宅，丟了一個官職。」然因有何應欽做靠山，王伯群仍保留國府委員、國民黨中央委員頭銜。一九三七年抗戰爆發，王伯群隨大夏大學遷至貴陽，該建築由保志寧叔父保君健代管。保志寧作爲「金屋」的第一任女主人，卻僅住了兩年時光。

上海淪陷後，該「金屋」被汪精衛作爲僞政權駐滬辦公聯絡處，人稱「汪公館」。一九三九年五月六日，汪精衛和陳璧君在日本特務影佐禎昭的陪同下，乘「北光丸」來到上海。儘管汪精衛在上海的福履理路（今建國西路）五七〇號及愚園路七三八弄內都有公館，但日寇出於安全考慮，還是讓他暫住在東體育會路七號的「重光堂」，那裡是出名的日本特務「土肥原」的機關所在地。同住的還有周佛海、梅思平等人。後來汪精衛又搬到西江灣路上的日軍原西尾中將寓所居住，由日本憲兵保護，連汪的貼身衛士都不許隨便出入。日方認爲如此一來，汪精衛等人就都成了甕中之鱉，連活動都受到限制，遑論開展「和平運動」。爲了便於監控，土肥原與影佐禎昭決定將愚園路上的「王公館」撥給汪精衛使用，因爲該公館只有愚園路一個出口，便於安全警衛，又因一一三六弄內另有十幾幢洋房，可以將周佛海、褚民誼、梅思平、陳春圃、羅君強等漢奸也一併遷往那裡居住。安全則由「七十六號」特工負責；主任丁默邨、副主任李士群乃下令弄內住戶全部搬走，並在牆垣上高築電網，四角設置瞭望亭，門窗裝上鐵門、鐵柵。弄堂內外除「七十六號」大隊長張魯率百餘人日夜把守外，日本憲兵也派出一個便衣小隊在弄口盤查行人，出入須持特別通行證。

一切安排妥當，汪精衛就在他的寓所裡召集大、小漢奸們開起了僞國民黨「六全一中全會」，自任「主席」。一九三九年七月九日晚，他還在公館樓前發表〈我對於中日關係之根本觀念及前進目標〉廣播講話，日本攝影師爲之拍攝新聞紀錄片。至次年三月三十日，汪僞政府在南京成立，汪精衛遷往南京頤和路公館居住，但愚園路上的「汪公館」仍是他在上海的「行宮」。

二、汪、日談判地點之一：愚園路一一三六弄六十號

汪僞政府成立之前，汪精衛與日方多次談判，代表日方的是以影佐禎昭爲主，因此也稱「影佐機關」或「梅機關」。正式的談判從一九三九年十一月一日

汪政權成立之前，汪精衛與日方多次在此談判。

開始，地點先在虹口的「六三花園」，後來則因爲汪精衛等一群人都搬到愚園路住，於是雙方談判的地點改在愚園路一一三六弄六十號，它距離「汪公館」的一一三六弄三十一號，只有幾步之遙。談判中代表汪精衛之一的陶希聖，一度都在此處住過。

三、殺人不眨眼的「七十六號」魔窟

張愛玲〈色，戒〉的男主角易先生，被認爲是以丁默邨爲原型。令人聞風喪膽的「七十六號」魔窟，即是以丁默邨爲首的特工大本營，座落在當年滬西的極司非而路七十六號；也就是現今的萬航渡路四三五號。

「七十六號」座落於極司非而路中段，它原是陳調元的私宅。陳調元原係北洋軍閥直系將領，曾任國民黨安徽省政府主席、國民政府軍事參議院院長。當年，這裡是陳調元做壽、唱堂會的地方。抗戰爆發後，「七十六號」爲日軍占領，經晴氣慶胤少佐的撮合，把它撥給丁默邨、李士群做活動場所。

丁默邨、李士群的漢奸特務組織在與汪精衛集團同流合污前，曾經兩易其駐地。由於特工隊人數迅速增加，活動範圍不斷擴大，他們先從大西路六十七號搬到憶定盤路九十五弄十號的一座洋房，因對外均由李士群的妻子葉吉卿出面，故稱「葉公館」。但不久，他們又感到那裡並不理想，因爲它位處弄堂裡，連一輛汽車都無法掉頭，平時爲了安全，只好在弄堂口擺起兩個水果攤，作爲望風瞭哨，還派人不時在弄堂裡進進出出地巡視，這既不體面，又不大方便。最後，由晴氣慶胤少佐親自選定，搬進了滬西極司非而路七十六號，這就是後來上海人一提到它，無不談虎色變的汪僞特務魔窟。

爲了工作的需要，根據丁默邨的設計，他們首先對「七十六號」內的房屋做了改造，把原先的洋式二道門改爲牌樓式，在兩側的牆上開了兩個洞，安裝兩挺輕機槍。二道門內的東邊，南北相對地新蓋了二十多間平房，作爲「警衛總隊」的辦公室和審訊室；西邊添造了一幢兩開間的樓房，作爲電訊室。花園裡的一個大花棚，改做看守所，花棚前面，是一幢式樣新穎精緻的三開間平房，由日本憲兵占用，進行現場「指導」和監視。「七十六號」的主要建築物是正中的那座高樓，樓下是會客室、電話接線室、貯藏室以及餐廳、會議室等，樓上是丁默邨和李士群的寢室兼辦公室。三樓有兩個房間，作「犯人優待室」。高樓西首，是一幢三開間、兩進的石庫門樓房，四周有走馬樓。在走馬樓中間的天井上搭了一個玻璃棚，把樓下的前後兩廂與客堂打通，改做大廳，再搭上一個講台，算是大禮堂。汪僞國民黨第六次全國代表大會，後來就在這裡舉行。

除在「七十六號」大興土木外，丁默邨、李士群又在日本特務機關的許可下，強行將「七十六號」右側一條名叫「華邨」弄內的住戶統統遷出，占領了該弄二十餘幢二層樓的小洋房，作為汪偽國民黨中央社會部、肅清委員會與特工總部的高級官員的家屬住宅。為了安全，他們將靠馬路的弄堂口堵死，在「華邨」東首與「七十六號」大門內相隔的牆壁上開了一個便門，所有居住在「華邨」的人，一一發給出入證，概由「七十六號」大門進出。

為了加強警備，丁默邨、李士群還讓警衛總隊長吳四寶在「七十六號」西鄰「華邨」西頭牆沿下，搭了一間木房，派了幾個特務，開起一爿白鐵店。又在東首康家橋口樂安坊附近，租了一個店面，開設一家什貨店，作為固定的周邊「望風哨」。另外，從曹家渡新康里起以迄地豐路秋園附近，設有各式各樣的零星攤販，作為周邊「崗哨」，與「望風哨」取得經常的聯繫。「七十六號」內的戒備就更加森嚴了。

「七十六號」門外是越界築路，他們不能在門外設崗，便在門內層層加設門警。「七十六號」大門除汽車進出外，平時總是關著，人由旁邊的小鐵門出入。這裡經常駐守一個班武裝，遇有緊急情況，還要增加人數。凡要進「七十六號」的人，都必須持有淡藍色的通行證，上面印著「昌始中學」與本人的姓

當年的特工大本營「七十六號」，現已改建為學校。

名號碼，並貼有照片。如果要進入其他幾道門，還得備有一本貼滿照片的簿子，並編好號碼，讓警衛驗明正身後，方可進入。至於出入丁默邨、李士群所居住的高樓，就更困難了。該處樓梯口設一道鐵柵拉門，派有便衣特務警戒，雖持證件，但未經丁、李特許，任何人也不能上樓。

丁默邨、李士群一夥進駐「七十六號」後，爲壓制上海的抗日反汪活動，肆無忌憚地迫害抗日愛國志士，製造了一起又一起流血慘案。上海新聞界，是他們攻擊的第一個目標。自從上海淪陷後，在滬愛國報人利用報刊，宣傳抗戰，激勵民衆愛國救亡熱情。汪精衛集團投敵的消息傳出，上海愛國報人義憤塡膺，揭露日、汪勾結的陰謀，汪僞視他們爲眼中釘、肉中刺，必欲劏除而後快。從一九三九年春開始，「七十六號」即向上海新聞界開刀。六月中旬，丁默邨、李士群以「中國國民黨鏟共救國特工總指揮部」的名義，分別向上海各抗日報刊負責人和有關編輯、記者發去恐嚇信，威脅說：「如再發現有反汪擁共反和平之記載，無論是否中央社（指重慶國民黨的通訊社）之稿件，均認臺端爲共黨之爪牙，希圖顚覆本黨及危害國家」；「絕不再作任何警告與通知，即派員執行死刑，以昭炯戒。」並公開發表一道對八十三人的「通緝令」，將一批新聞界人士列爲通緝名單。威脅之外，他們進而利用武裝先後襲擊了《中美日報》、《大晚報》、《大美晚報》等報館，戕害愛國報人，毆打報販，妄圖堵絕抗日反汪報刊的發行。而對堅持抗日的共產黨人，他們更是恨之入骨，當時上海婦女界著名抗日領袖茅麗英，就是被「七十六號」特務用帶毒的子彈頭打中身亡的。

丁默邨、李士群還秉承汪精衛的意旨，靠「七十六號」的武裝力量，運用各種威嚇利誘的手法，將人拉入「和平運動」行列，為汪精衛集團網羅黨羽，擴充隊伍。他們通常是先派一個與對方比較熟識的汪派人士出面遊說，鼓吹汪偽「和平反共建國」的漢奸理論，並以金錢和地位來打動對方的心。

「七十六號」這個當年令人聞之色變的「魔窟」，如今早已不存在了。今天已改為萬航渡路四三五號的原址，現在已變成「上海市逸夫職業技術學校」靜安分部。

張愛玲〈色，戒〉的開頭和結尾，場景都在易先生家打麻將，在「人生如棋局」的暗示下是大有深意的。但在實際的情況下，成群的汪偽官太太在丁默邨家打牌的場景，恐是不易見的。因為丁默邨的個性極為狡猾與機警，據熟悉內情者透露，丁默邨在「七十六號」二樓雖有臥室，但從不睡在臥室，而是睡在旁邊的浴室裡。為防不測，浴室四周裝有防彈鋼板，他每晚在浴缸上放一張棕棚，早晨一起床就把棕棚拿掉，由此可見一斑。

四、平安電影院

張愛玲喜歡電影，更寫過不少影評和劇本，因此電影院對她而言，是極熟悉的地方。在〈色，戒〉的小說中，電影院的場景，亦被寫入其中：

橫街對面的平安戲院最理想了，廊柱下的陰影中有掩蔽，戲院門口等人又名正言順，不過門前的場地太空曠，距離太遠。看不清楚汽車裡的人。她一扭身伏在車窗上往外看，免得又開過了。車到下一個十字路口方纔大轉彎折回。又一個U形大轉彎，從義利餅乾行過街到平安戲院，全市唯一的一個清潔的二輪電影院，灰紅暗黃二色磚砌的門面，有一種針織粗呢的溫暖感，整個建築圓圓的朝裡凹，成爲一鉤新月切過路角，門前十分寬敞。對面就是剛才那家凱司令咖啡館，然後西比利亞皮貨店，綠屋夫人時裝店，並排兩家四個大櫥窗，華貴的木製模特兒在霓虹燈後擺出各種姿態。隔壁一家小店一比更不起眼，櫥窗裡空無一物，招牌上雖有英文「珠寶商」字樣，也看不出是珠寶店……

座落在南京西路、陝西北路口的平安電影院，被張愛玲稱做是「全市唯一的一個清潔的二輪電影院」，想必當年張愛玲也時常到那裡看電影。很可惜的是，平安電影院最近已被改造成某西班牙著名服裝品牌的中國大陸首家專賣店。據說，那裡也曾是西班牙領事館舊址。

五、真實的暗殺地點：西伯利亞皮貨店

鄭蘋如誘殺丁默邨的地點，在靜安寺路（今南京西路）與戈登路（今江寧路）口的西伯利亞皮貨店，它是俄國僑民在一九三五年開設的。張愛玲在〈色，戒〉的小說中，爲了戲劇效果及視覺藝術，把暗殺地點改成距西伯利亞皮貨店不遠的「珠寶店」。現今的南京西路上依舊車水馬龍、衣香鬢影，而原來在南京西路一一三五號的西比利亞皮貨店也搬到了南京西路八七八號，不用說，老闆也幾易其主了。「舊時王謝堂前燕，飛入尋常百姓家」，時移事往，令人不勝欷噓！

刺丁案的真實發生地點：西伯利亞皮貨店。

7

刺丁案的幾種描寫

張愛玲在一九四三年後，迅速地走紅於上海。據柯靈的回憶，「上海淪陷後，文學界還有少數可尊敬的前輩滯留隱居，他們大都欣喜地發現了張愛玲，而張愛玲本人自然無從察覺這一點。鄭振鐸……要我勸說張愛玲，不要到處發表作品，並具體建議：她寫了文章，可以交給開明書店保存，由開明付給稿費，等河清海晏再印行。」這是文學前輩對她的關心。

其時鄭振鐸也滯留在淪陷的上海，而且由於他在文壇上的高知名度，使他成為敵偽拉攏的對象。據學者陳福康在《鄭振鐸傳》一書中說，「孤島」剛開始時，有一位已「落水」的過去的「朋友」來看他，說什麼日本人很欽佩他，想仰仗他出來主持一方面的文化工作等等，並拿出一張數額巨大的支票，說是一個叫「清水」的主管文化工作的日本人送給他的。這簡直是瞎了狗眼！他氣得橫眉怒目，怒髮衝冠，當場把支票撕個粉碎，痛斥了這位「朋友」。此人狼狽不堪地走了，他卻氣惱了好幾天，總是念叨著：「士可殺，不可辱！」「豈有此理！真正豈有此理！」後來有一次他在中國書店看書，一位夥計悄悄走過來，用極細微的聲音對他說：「來了一個日本人，叫清水。」他轉身繼續翻他的書。這日本人用流利的漢語對夥計說：「敝人一向很佩服精通於版本之學的鄭振鐸先生及潘博山先生等，很想認識鄭先生。」一位夥計用眼色來探詢他，他連忙搖搖頭，並站起來在書架上亂翻著。夥計們便對清水說：「鄭先生長久不來了，也不知道他到哪兒去了。」等清水走後，他趕緊又到其他各家舊書店，一一叮囑：今後凡日本人或不明身分的人來打聽他，一概回答不知道。

對他利誘不成，敵人便準備下毒手了。據說大約在一九三八年早春的一個早晨，一位重慶方面在上海做地下工作的曹俊，闖進他家門，要他快走。一問，才知道曹君半夜得到情報，「七十六號」要通過租界工部局「引渡」一批愛國文化人士，其中有鄭振鐸，是作爲復社嫌疑分子而列入黑名單的。他及時轉移，躲過追捕。一九四一年一月四日晚，

鄭振鐸的文壇地位使他成為敵偽亟欲拉攏的對象。

友人徐蔚南忽然來電話，說「七十六號」要綁架他，經他向一位姓張的朋友詢問，列爲黑名單的共有十四人，都是「文藝界救亡協會」的負責人。於是，當夜他就緊急轉移。

一九四五年八月十五日，日本投降了。緊接著好友柯靈、唐弢來找他，說準備辦一個綜合性的週刊。柯靈原先想取名《自由中國》，後來打算叫《周報》。鄭振鐸也贊成叫《周報》，他更答應爲《周報》撰稿。他還告訴他們他正在寫《蟄居散記》，如果需要的話，可以給《周報》連載。同年九月八日《周報》創刊，馬上成爲戰後上海乃至全國新創辦的第一份綜合性週刊。從第一期起，就連載鄭振鐸的《蟄居散記》。那是鄭振鐸在上海淪陷期間所見所聞的回憶錄，第一篇〈暮影籠罩了一切〉發表於九月十五日的《周報》。第二篇〈記劉張二先生的被刺〉發表於九月二十二日的《周報》。第三篇〈「封鎖」線內外〉發表於九月二十九日的《周報》。十月六日則發表〈一個女間諜〉、十月十三日發表〈鶼鶘與魚〉，一直連載到一九四六年間，前後一共二十五篇，只是後來在一九五一年上海出版公司作爲「文藝復興叢書」出版的《蟄居散記》，只收了二十篇，〈一個女間諜〉等五篇並未收錄。

鄭振鐸在〈鵜鶘與魚〉文中，將這些漢奸比喻爲鵜鶘，他說「鵜鶘們爲漁人所餵養，發揮著他們捕捉魚兒的天性，爲漁人幹著這種可怖的殺魚的事業。」「在人間，在淪陷區裡，也正演奏著鵜鶘們的『爲他人做嫁衣裳』的把戲。當上海在暮影籠罩下，蝙蝠們開始在亂飛，狐兔們漸漸的由洞穴裡爬了出來時，敵人的特工人員（後來是「七十六號」裡的東西），便像夏天的臭蟲，從板縫裡鑽出來找『血』喝。」至於〈記劉張二先生的被刺〉則是記述滬江大學校長劉湛恩和《大美晚報》記者張似旭的被暗殺。鄭振鐸說「我執著報紙的手因憤激而微微的抖著。友人們裡第一個爲國犧牲的人；第一個死於自己人的手裡的人！我不能相信：竟會有人替敵人來暗殺愛國之士的！」

在〈一個女間諜〉文中，鄭振鐸這麼描述著：

> 我國的女間諜們的故事，時時有得聽到，說得是那麼神出鬼沒，然而後來卻證實都是些子虛烏有之談。

我所遇到的卻是一個眞實的女間諜，一件眞實的悲慘的故事。

有一個青年友人，行爲很整飭，但在一個時期，人家傳說他常和一個女友在一處。這女友的行爲相當的「浪漫」，時時的出入於歌壇舞榭，且也時時的和敵人及漢奸們相交往。

我曾經勸告過他。他只是笑笑，不否認也不承認。我不便多問什麼。

有一天，在霞飛路上一家咖啡館裡見到了，他和一個女友在一處，談得很起勁。我只和他點頭招呼。他介紹著道：「這位是陳女士。」我們互相微頷了一下。

這位陳女士身材適中，面型豐滿；穿的衣服並不怎樣刺眼，素樸，但顯得華貴；頭髮並不捲燙，朝後梳了一個髻，乾淨俐落。純然是一位少奶奶型的人物，並不像一個「浪漫」的女子。

隔了一個多月，他跑來告訴我道：「你見過的那位陳女士已經殉難死了！」

我嚇得一跳，問道：「爲了什麼呢？」

「她是一位女間諜，」他道，「曾經刺探到不少敵人和漢奸們的消息和行動。她的父親是一位法院裡的檢察官，她的母親是一位日本人。她的日本話說得很好。因此，好久就已混入漢奸群中工作著。最近幾個月，她常常警覺到有人跟隨著她，注意或監視著她。她覺得有危險。有一夜，她在一個跳舞的地方，發現她的手提包失蹤了。隔了一會，她舞罷回到座上時，又發現手提包已經放在原處。檢點一下，沒有短少什麼。但她知道這手提包一定曾被嚴密的檢查過。她把這事告訴我，說，也許會有什麼危險吧。但神色很鎮定，一點也沒有退避或躲藏的意思。照常的生活著，照常的刺偵著。」

「後來怎樣的被破獲的呢？」

「我知道她被捕的消息已在她殉難之後。這是另一位做工作的人告訴我的。她計畫著要刺殺丁默邨，那個『七十六號』的主人。在一個清晨，丁伴她到一家百貨公司去購物。壯士們已經埋伏好在那裡。丁富有警覺性，也許，也竟已準備好，一進門，便溜了出來，來不及放一槍。爲了到這個地方去的事，只有她一個人知道，因之，她的嫌疑極重。她被捕了，經過了殘酷和刑訊之後，她便從容就義了。」

他說完了話，默默的爲這位女英雄誌哀，我也默默的在哀悼著僅見一面的這位愛國的女間諜！

鄭振鐸的〈一個女間諜〉是最早將刺丁案寫成文章的，爲了掩護她的眞實身分，鄭振鐸把她寫成「陳」女士。但文章偏重於追憶性質，並沒有太多的細節的描寫。鄭振鐸藉此來歌頌抗日的愛國行爲，多過於小說的經營，況且它還不是以小說的型態出現。文章在一九四五年十月六日在《周報》發表，雖然在當時該報是上海相當暢銷的刊物，主編柯靈又是提拔過張愛玲的，但我們也無任何證據證明張愛玲看過該文章。

《汪政權的開場與收場》書影。

相對於鄭振鐸，金雄白因爲是出入於汪僞集團的，因此他知道得更仔細，而很多細節他雖沒有親見，但確

是親聞的，因此其可信度相當高。胡蘭成在汪僞集團的身分地位，不亞於金雄白，金雄白所知道的事，胡蘭成不可不知。而以胡蘭成的個性，他極可能將這種爆炸性的內幕，炫耀地說給張愛玲聽，因此我們可以假設金雄白所描述的情節，張愛玲是聽過的。

金雄白在《汪政權的開場與收場》一書中，有「鄭蘋如謀刺丁默邨顛末」一節：

在汪政權中，太多醇酒婦人之輩，而「七十六號」的特工首領丁默邨，尤其是一個色中餓鬼，他雖然支離病骨，弱不禁風，肺病早已到了第三期，但壯陽藥仍然是他爲縱慾而不離身的法寶，他當年與女伶童芷苓的繾綣，早成公開祕密，而鄭蘋如的間諜案，更是遐邇喧傳。海外書報中曾有不少記述此案的經過，可惜有些是語焉不詳，而有些則與事實相去太遠。

鄭蘋如是江蘇高等法院第二分院首席檢察官鄭鉞之女，生母是日本人，她在上海法國學校讀書，家住法租界法國花園附近的呂班路萬宜坊。萬宜坊中有著上百家人家，其中活躍如鄒韜奮，豔麗如鄭蘋如，都是最受人注意的人物。我也有一段時期住過那裡，每天傍晚，鄭蘋如常常騎了一輛腳踏車由學校返家，必然經過我的門口，一個鵝蛋臉，配上一雙水汪汪的媚眼，秋波含笑，桃腮生春，確有動人丰韻。不知她怎樣竟加入了軍統任間諜工作？又不知怎樣竟然會與汪方的特工首領丁默邨發生了曖昧關係？

丁鄭之間的往來，已經有了好幾個月，丁默邨是個特工首領，處於那時的環境中，對事事物物，樣樣提防，而唯獨對於鄭二小姐卻十分放心，數月之間，也從沒有發現她任何可疑之點。一天，默邨在滬西一個朋友家裡吃中飯，臨時打電話邀鄭蘋如來參加。飯後，默邨要到虹口去，鄭蘋如也說要到南京路去，於是，同車而行。從滬西至南京路或虹口，靜安寺路都是必經之道。當車經靜安寺路西伯利亞皮貨店門口時，鄭蘋如忽然要向西伯利亞買一件皮大衣，嬲著默邨同她一起下車幫她挑選。特工人員知道到一個沒有預先約定的地點，而停留不逾半小時，認爲決沒有發生危險的可能。默邨以爲她的邀他同去，目的不外是一種需索的手段而已，於是坦然隨她下車。汽車是停在西伯利亞馬路對面的路側，該店是兩開間的門面，當他們兩人穿過馬路到達店門時，默邨看到有兩個形跡可疑的彪形大漢，腋下各挾有大紙包一個，裡面顯然是藏的武器，知道情形不對。而默邨在此緊要關頭，能持以鎮靜，毫不慌張。仍昂然直入店內，而一轉身即毫不停留，撇開了鄭蘋如，由另一扇門狂奔而出，穿過馬路，躍上自己坐來的保險汽車。兩大漢以爲默邨進店，至少要有幾分鐘的停留，突然看到他已跑過馬路上車，立即拔槍轟擊，但爲時已晚，祇車身上中了十幾槍，彈痕斑斑，而默邨則毫髮無損，汽車也急馳而去。

他回到七十六號以後，已清楚必然是鄭蘋如出的毛病，既然她能布置得那樣周密，那樣從容，不露一絲破綻，知道必然是有組織的特務工作。默邨也不動聲色，毫不採取行動，以鬆懈她的警覺。事隔數天，鄭蘋如也滿以爲事非預約，對方決無懷疑之理。第三天還親自打電話給默邨慰問。默邨自然假意敷衍，依然柔情一片，還約了鄭蘋如下次的幽會日期。她爲了表示坦白，居然遵約而至。一到，自然給默邨預先埋伏的警衛立刻把她扣留了。

在審訊中，鄭蘋如承認了爲重慶工作，而且是奉軍統之命行事。默邨爲追查有關線索，發交給原軍統四大金剛之一的林之江看守盤問。拘留的地點，也就是林之江的滬西家裡。鄭蘋如眞有本事，她對林之江（林於前數年，在香港病死），眉挑目語，獻盡殷勤，一再誘林之江相偕私逃。林事後告訴我，以鄭蘋如的煙視媚行，弄得他盪氣迴腸，曾經幾度爲之意動。而丁默邨最初也餘情未斷，頗有憐香惜玉之心，並不一定欲置之死地。一天在佛海住宅中午飯，我也在座，許多汪系要人的太太們紛紛議論，事前都曾經到她羈押的地方看過，一致批評鄭蘋如生得滿身妖氣，認爲此豸不殺，無異讓她們的丈夫更敢在外放膽胡爲。默邨的太太當然是醋海興波，而其餘的貴婦人們尤極盡挑撥之能事，當時我看到這樣的形勢，早知道鄭蘋如之死將必難倖免。

果然，幾天之後，槍殺的命令下來了。由林之江押著她到中山路旁的曠地上執行，上車時告訴她是解往南京，不久即可開釋。車抵中山路，要她下來時，她纔知道這已是她的畢命之地。但是她依然態度從容，下了車，仰著頭，向碧空癡癡地望著，嘆了一口氣，對之江說：「這樣好的天氣，這樣好的地方！白日青天，紅顏薄命，竟這樣的撒手西歸！之江！我們到底有數日相聚之情，現在要同走，還來得及。要是你真是忍心，那麼，開槍吧！但是！我請求你，不要毀壞了我自己一向所十分珍惜的容顏！」說完，一步又一步地走向林之江，面上還露出一絲微笑。一向殺人不眨眼的林之江，對此一代紅粧，而又表演戲劇化的一幕，竟至手顫心悸，下不了毒手。他背過臉，指揮他的衛兵上去，他急忙走遠了幾丈路，槍聲起處，血濺荒郊，一個如花似玉的美人，就此爲國殉身。到今天，還有誰想到她呢？似乎勝利以後，卹典中且並無鄭蘋如之名！亂世性命賤於狗，真不知曾糟蹋了幾多有爲的青年！

歷史小說家高陽（本名許晏駢，一九二二－一九九二）也在一九七九年六月一日（稍晚張愛玲一年多），於《中國時報》人間副刊連載長篇小說《粉墨春秋》，直到次年十一月三十日，才刊登完畢。後來出書分別有台北堯舜出版事業公司一九八一年版、台北遠景出版事業公司一九八七年版、台北風雲時代出版公司一九九〇年版。《粉墨春秋》是以汪偽政權爲背景的長篇小說，在小說中有一節〈紅粉金戈〉，就是描寫鄭蘋如暗殺丁默邨的事件，故事的情節很大程度參考了金雄白的《汪政權的開場與收場》，但高陽的處理更小說化、戲劇化。有趣的是，他也以和張愛玲同樣的一萬餘字的篇幅，來處理這個題材，但卻呈現出不同的風格，頗值得和張愛玲的〈色，戒〉做一個對照。

高陽在〈紅粉金戈〉中特別寫出鄭蘋如的男朋友陳寶驊才是策畫整個暗殺事件的關鍵人物。陳寶驊確有其人，他是中統上海組織負責人，是國民黨黨國元老陳果夫、陳立夫的堂弟。只是到了高陽的小說中，身分降了一級，從堂弟變成了侄兒。我們看高陽的描述：「當然，追求鄭蘋如的人是不會少的；其中獨蒙青睞的是個世家子弟，此人名叫陳寶驊，家世烜赫，兩個叔叔都是當朝一品。本人翩翩濁世，一表人才；鄭蘋如固是私心默許，堂上兩老亦已將陳寶驊當作未來的東床看待了。」但就抗戰勝利後，丁默邨被審判時，鄭母及鄭弟的相關法

《粉墨春秋》書影。

庭紀錄，看不出鄭、陳兩人是對情人的關係。這恐是高陽爲營造小說的愛情情節而加添的。

在高陽的小說中，陳寶驊不斷地鼓勵鄭蘋如跟丁默邨接近，對「面無四兩肉，終年戴一副太陽眼鏡，襯以他那蒼白的臉色，看上去陰森可怖」的丁默邨，鄭蘋如原本沒什麼好感，不知陳寶驊爲何勸她接近丁默邨，後來忍不住了，就逼問陳寶驊是何原因。陳寶驊才神色凝重地說他是上海中統的負責人並率直提出要求，希望鄭蘋如也參加工作，首要的任務就是接近丁默邨，能夠左右他的行動，以便製造制裁他的機會。

在確定鄭蘋如成爲「色誘」丁默邨的女主角之後，陳寶驊就展開一連串的布署行動，包括找人、找槍，尤其是如何將槍運進租界，高陽在小說裡花了相當多的筆墨。這裡我們就不詳述，因爲有些情節的安排是高陽爲了戲劇效果，而刻意鋪張、製造懸疑，甚至不排除因是報紙每日連載，臨時想不出，情急下的「跑野馬」筆法。

我們直接跳到暗殺場景的四周，高陽是這樣描寫的：殺手四個人在兩點二十分趕到現場，西伯利亞皮貨公司對面的大華路口，倒是停了好幾輛汽車，卻不知哪一輛是丁默邨的。由於事先約定好只要看到紅呢披氅女郎所伴同的一個「癆病鬼」，就是要制裁的目標，所以不知道坐哪一輛汽車，也不要緊。於是四個人都到了西伯利亞皮貨公司，一面兩個，悄悄守候。間諜影片中，常見的「大意失荊州」，導致壞人的「命不該絕」的場景，終於再度發生了——殺手無法確知丁默邨是否在店內，於是裝做瀏覽櫥窗中的樣品，沿著大玻璃窗從東往西走了一遍，卻因玻璃反光，一時無法看得清楚；於是又由西往東，再看了一遍。這一遍看壞了。殺手在明處，丁默邨在暗處；以丁默邨的狡黠機警，這一舉動已引起他的疑心，他心知不妙，於是立即掏出二百美金，丟向還在挑選皮衣的鄭蘋如說：「挑好了，你先付他二百美金的定洋。」鄭蘋如楞了一下，只見丁默邨已拔腿衝了出去。這時等在外面的四個殺手，因沒見到紅呢披氅的女郎，只見到此人行色倉皇從店內跑出；一時也不曾留意，等他衝過馬路，方才省悟，此時丁默邨已經坐上他的裝有防彈玻璃的汽車了。說時遲，那時快，生死一瞬間——一時槍彈橫飛，殺手對準丁默邨的座車開槍，只聽緊急煞車輪胎擦地擠出來的獰厲之聲不斷；丁默邨的汽車著了好幾槍，但子彈是否打穿了玻璃或車身到了丁默邨身上，卻無從判斷。這時只聽警笛狂鳴，行人四竄；在皮貨店的鄭蘋如猛然一驚，她想事情不好了，此時如不趕快走，等巡捕一到，自己就脫不了身了。於是她連丁默邨丟在茶几上的二百美金，都顧不得取，隨手拿起披氅，交代一句：「明天我再來看。」說完，急往外走；同時將披氅翻個面穿在身上；一到了行人道上，極力自持，擺出很從容的態度，穿過馬路，到卡德路的聚會點碰面。

由金雄白到高陽的描寫，丁默邨在緊要關頭的逃跑，是因他職業特工的敏感，發覺異狀，而自己逃跑的。但到了張愛玲的手中卻變成女主角因心生愛憐，而「放走」的，這其中產生迥然不同的情節變化，也導致它結局的極大差別。在高陽的描寫裡，鄭蘋如與丁默邨接下來各自演著「諜對諜」的戲碼。在第三天時，鄭蘋如打了個號碼極少人知道的電話，在「七十六號」找到了丁默邨。兩人都虛情假意地關懷著對方，丁默邨仍然不捨這「美人胚子」，於是他約了鄭蘋如一起吃飯。鄭蘋如表示應該是她請他，也算是替他壓驚。掛斷電話，鄭蘋如覺得從任何跡象去看，丁默邨都不像已疑心到她是刺殺案的女主角；如果爽約，反倒顯得心虛。不入虎穴，焉得虎子；如果能製造第二次機會，成功的果實，來之不易，會覺得格外甜美。於是，她著意修飾了一番；先到霞飛路一家法國洋行，買了半打丁默邨穿慣的一種牌子的絲襪；然後坐三輪車到露伊娜餐廳去赴約。

鄭蘋如到了餐廳，老闆笑臉迎人地告訴她，丁先生已叫人打電話來訂了座兒了。鄭蘋如步入小間，坐定不久，老闆送來一杯雞尾酒；剛喝得一口，丁默邨到了。平常總是丁默邨等鄭蘋如；這天恰好相反，丁默邨有些不好意思，鄭蘋如連忙解釋說，今天她是主人，當然要早到。丁默邨看著她，不禁關懷起來。鄭蘋如也假裝非常自責地說，幸虧當時沒什麼事；倘若出了事，總是爲了替她買大衣，那她會一輩子受良心責備的。鄭蘋如取過手提包，拿出爲丁默邨買的半打襪子。丁默邨一再地言謝，又問她的皮大衣挑定了沒有？鄭蘋如半是幽怨半是撒嬌地說在當時那種情況下，哪裡還有心思去挑大衣？不過，定錢倒是給他們了。丁默邨煞有介事地說，不能白犧牲了那二百美金。回頭吃完了，我陪你去辦了這件事，也了我一樁心事。鄭蘋如沒想到丁默邨又上鉤了，恨不得能有機會給陳寶驊通個電話，告訴他第二次機會又到了。

鄭蘋如故意用話去試探，因爲她實在不解當天布署好的天羅地網，爲何功虧一簣呢？丁默邨回答說，可能他們注意我不止一天了；那天大概是發現了我的汽車，知道我在附近。有個人在櫥窗外面，不斷往裡面張望，左臂挾著報紙。我一看情形不對，果然不出我所料。鄭蘋如這才知道當時是壞在這殺手沉不住氣，猶如荊軻刺秦結果壞在助手的沉不住氣一樣，最終圖窮匕見，終告失敗收場。鄭蘋如決意再進一步探尋他是否已經知道眞相，是誰要置他於死地。丁默邨畢竟是老狐狸，他來了個調虎離山之計，說當然是軍統的人幹的。鄭蘋如暗暗高興他的「誤判」；不過她也很機警，沒有再問下去了。

於是鄭蘋如搶著付了帳，出門上車，丁默邨不曾關照去向，司機也不問，往靜安寺的方向疾駛而去。進入越界築路，鄭蘋如方才問道，預備到哪裡？丁默邨告訴她，要先回辦公室看兩件公事。鄭蘋如心裡有些不對勁，口頭上卻泰然得很。於是車子一直開到了丁默邨專用的辦公室前停下來。鄭蘋如逕自推開小客廳的門，只見有三個彪形大漢已等在那裡，鄭蘋如認得其中的一個，是「七十六號」四名行動大隊之一的林之江。鄭蘋如心知不妙，想回頭出去時，另外的兩個人已經堵住了門。薑還是老的辣，鄭蘋如原本要再一次「誘」丁默邨上鉤的，沒想到丁默邨將計就計，不費吹灰之力，就輕易地將她捕獲。

丁默邨交代林之江要追出同夥的人，但鄭蘋如堅不吐實，只承認事情是她一個人做的。丁默邨要林之江繼續再問，並且把她放在林之江家裡，慢慢審問。其實丁默邨是怕如果將她羈押在「七十六號」，難保她不會將她跟他如何有肌膚之親，說與人知。那一來，自然影響他「部長」的聲威，所以才要借林之江家軟禁。林之江亦明白此意，趕忙答應了。於是林之江將鄭蘋如帶到他家，挑了樓上最大的一個套房，安置鄭蘋如。林之江對鄭蘋如說，你是丁部長交代下來的，我不會難為你；不過，鄭小姐，你也要顧到我們的立場，不要亂出花樣，不然，我想幫忙也幫不上了。鄭蘋如將一隻手搭在他手背上，斜睨著作出一個頑皮的笑容說，我會很乖。林之江對她說，只要肯合作，用不著一星期就可以回家；不合作的話，一年也回不去。鄭蘋如明知這是在哄她的，於是她對林之江拋過去一個媚眼說，林大隊長，依我看，你也不必找什麼人來陪我。因爲有第三者在，我們就不方便了。鄭蘋如還走過去攀著他的肩低著頭輕聲說道：「對你，對我。」林之江面對這如花似玉的美人兒，如此輕聲細語，脈脈含情，心旌動搖，有些不能自持，但驀地裡又警悟到別一不小心，把命也給玩掉了。

丁默邨捨不得殺鄭蘋如，這案子就暫且擱著，只要他不問，就沒有人來問，連李士群都覺得不便干預。丁默邨著實迷戀鄭蘋如的美色，他想把她關一陣子，煞煞她的性子，然後再把她放出來。但事與願違，另有一班「催命判官」成了鄭蘋如命宮中的魔蠍，第一個就是周佛海的老婆楊淑慧，由於好奇心起，倒要看看這鄭蘋如是怎麼個一顧傾人城，再顧傾人國的尤物。從楊淑慧一開了頭，包括李士群的老婆葉吉卿、吳四寶的老婆佘愛珍，接踵而至有七八個之多，她們對鄭蘋如的觀感是一字之貶，也是一字之褒：妖！

有天大家在周佛海家吃午飯，丁默邨的老婆趙慧敏正喝著醋椒魚湯，不知怎麼以酸引酸，忽然說道：「不把這個一身妖氣的鄭蘋如殺掉，我們這一桌上，難保沒有人做寡婦。」此言一發，回應熱烈。趙慧敏恨鄭蘋如不是因爲鄭蘋如是中統派來刺殺她丈夫的特工，而是因爲鄭蘋如搶走她的丈夫。於是她悄悄地找到林之江，對林之江面授了一番機宜。首先鄭蘋如被暗中移解到憶定盤路三十七號的「和平救國軍」第四路司令部（林之江兼該路司令）。這個行動非常機密，連丁默邨與李士群都被瞞過。沒多久，林之江又接到了趙慧敏的授意；林之江騙鄭蘋如，將她解到南京，不久即可釋放。上車時，只有前座一個衛士；汽車開到荒涼的刑場，鄭蘋如明白了。

鄭蘋如的態度倒很從容，下了車一直往前走；走到曠場上站住腳，仰起頭來，但見晴空萬里，陽光普照；她的一雙眼睛，忽然流露出癡迷不捨的神情；林之江很想安慰她幾句，但想不出適當的話。鄭蘋如還想作困獸之鬥，她用很低，但富有磁性的嗓音，要林之江和她一起逃走。林之江怕抵擋不住誘惑，彷彿要壯自己的膽，突然之間將短槍拔了出來，將子彈上了膛，對準鄭蘋如的前額。鄭蘋如料定他不敢開槍，一步一步往前走，並說：「之江，你眞忍心殺我，那就開槍吧！」林之江大起恐慌，深怕她來奪槍；一步一步往後退，可是鄭蘋如只走了兩步就站住了。「要殺就殺」，她面不改色，雙眼逼視著林之江。這柔弱嬌媚的身軀裡，竟蘊含著這樣的勇氣和力量，這是林之江所始料未及的。平常殺人不眨眼的他，居然莫名其妙地心慌起來，他舉起手槍，手卻已經在發抖了，猛然轉身，把槍拋給了衛士，一面疾走，一面下令：開槍！

走不到三五步，身後槍聲響起；他站住腳，很吃力地轉過身去，只見鄭蘋如倒在血泊中。林之江從衛士手中要過槍來，走到鄭蘋如面前，咬著牙瞄準她的左胸，補了一槍。

這是高陽根據金雄白的故事加以改編的小說大要。若就史實來鋪寫，一般脫離不了這些情節，但張愛玲的〈色，戒〉完全顛覆這個故事，從角色的改變、情節的鋪排，甚至最後的反高潮，完全是一貫的「張愛玲式」寫法。刺丁案到了張愛玲的手中，已經是脫胎換骨、別開生面了。

8

張愛玲的偷梁換柱

謀刺丁默邨事件若是改寫爲小說，一般會是像高陽先生的寫法，亦就是對其中高潮迭起、緊張萬分的間諜戲碼，大加描寫。但張愛玲卻不爲此之圖，因此學者余斌說：「假如我們所料不差（案：刺丁案確為〈色，戒〉藍本），那麼同寫刺丁事件，高陽所重在事，張氏所重在人，高是就事論事，張是借題發揮。」就因張愛玲是「借題發揮」，故余斌認爲刺丁案只爲張愛玲提供了一個敘述框架，「而她終能移花接木，讓一個特工謀殺事件負載她的人性理解，納入她探究男女情欲的慣常軌道。這也足證張愛玲是一個獨特的作家：她有獨特的個人視野，她張看到的一切總是與他人所獲不同，無論何種題材，她總是能在其上留下鮮明的個人印記。」

張愛玲對刺丁案的改寫，最重要的是女主角的身分的轉變，由原本的職業特工，變成了業餘的，而且是愛國的大學生。這一改變是吻合張愛玲一貫的風格：「在傳奇裡面尋找普通人，在普通人裡尋找傳奇」。張愛玲的悲劇觀是構建在人的生存意義上，她肯定的是既非「英雄」也非「完人」的「軟弱的凡人」的生活價值。因此早在一九四四年五月那篇回應傅雷的論辯文章中，她就說：

「極端病態和極端覺悟的人究竟不多。時代是這麼沉重，不容那麼容易就大徹大悟。這些年來，人類到底也這麼生活了下來，可見瘋狂是瘋狂，還是有分寸的。所以我的小說裡，除了〈金鎖記〉裡的曹七巧，全是些不徹底的人物。他們不是英雄，他們可是這時代的廣大的負荷者。因爲他們雖然不徹底，但究竟是認眞的。他們沒有悲壯，只有蒼涼。悲壯是一種完成，而蒼涼則是一種啓示。……我以爲這樣寫是更眞實的。……而且我相信，他們雖然不過是軟弱的凡人，不及英雄的有力，但正是這些凡人比英雄更能代表這時代的總量。」

因此儘管傅雷爲文盛讚：「毫無疑問，〈金鎖記〉是張女士截至目前爲止的最完滿之作，頗有《獵人日記》中某些故事的風味。至少也該列爲我們文壇最美的收穫之一」。但張愛玲後來在二十四年間卻改寫了三次，分別是《Pink Tears》、《Rouge of the North》及《怨女》。一個同樣的故事，先後以中、英兩種語言，改寫三次，張愛玲追求的是更多的張愛玲式的人生況味。她要擺脫「類型化」的窠臼，她不要「英雄的悲壯」，她要的是「凡人的蒼涼」。

明乎此，對於域外人的指責：「王佳芝是愛國少女，隻身入虎穴，頗不簡單，想必也是秋瑾一類人物。張愛玲不從此落墨，對她愛國動機全無一字交代。在她筆下，王佳芝倒似乎成了愛慕虛榮、貪圖富貴的女子。我但願我是會錯了意，但有些段落，實在令我感到奇怪。」是的，域外人是「會錯意」了，他還是以「類型化」的人物描寫來要求張愛玲，也難怪張愛玲馬上嚴詞反駁，她說：「特務工作必須經過專門的訓練，可以說是專業中的專業，受訓時發現有一點小弱點，就可以被淘汰掉。王佳芝憑一時愛國心的衝動——域文說我『對她愛國動機全無一字交代』，那是因為我從來不低估讀者的理解力，不作正義感的正面表白——和幾個志同道合的同學，就幹起特工來了，等於是羊毛玩票。羊毛玩票入了迷，捧角拜師，自組票社彩排，也會傾家蕩產。業餘的特工一不小心，連命都送掉。所以〈色，戒〉裡職業性的地下工作者只有一個，而且只出現了一次，神龍見首不見尾，遠非這批業餘的特工所能比。域外人先生看書不夠細心，所以根本『表錯了情』。」

對於張愛玲和域外人的論爭，學者羅久蓉說：「上述交鋒顯示作者和評者顯然不是站在同一平台對話。張愛玲雖然對傳統某些東西懷有眷戀之情，但從

〈色，戒〉發表後引起諸多討論。（皇冠出版提供）

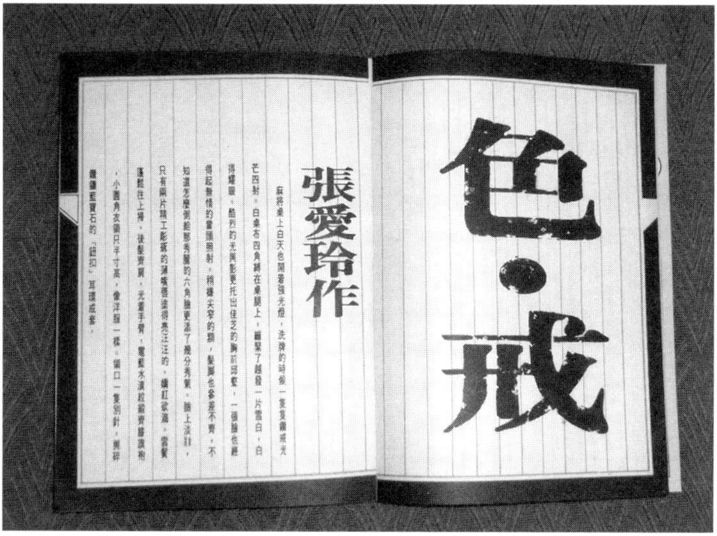

頭到尾不曾讓盲目的愛國主義沖昏自己的頭腦，民族主義對她來說就像一個圖騰，可遠觀而不可褻玩。一九四二年從烽火連天的香港回到上海之後，她拒絕讓國家成爲個人追尋成功與夢想的絆腳石，在她看來，愛國只是一種情緒的宣洩，發洩完畢，就什麼都沒了，倒不如老老實實地過生活。因此她指出，王佳芝深入敵營，不過『憑一時愛國心的衝動』，不需有什麼偉大的動機，在她看來，愛國只是一種衝動而已。」①

另外王佳芝原本是廣州嶺南大

張愛玲於一九三九年來到香港大學就讀。

學的學生，廣州淪陷前，嶺南大學搬到香港，借香港大學的教室上課。我們知道張愛玲在一九三九年夏天來到香港大學求學，一直到一九四一年底香港淪陷，有兩年零三個月的大學生活。在〈色，戒〉中，提到的「大家吃了宵夜才散，她還不肯回去，與兩個女同學乘雙層電車遊車河。樓上乘客稀少，車身搖搖晃晃在寬闊的街心走，窗外黑暗中霓虹燈的廣告，像酒後的涼風一樣醉人。」以及「找那種通宵營業的小館子去吃及第粥也好，在毛毛雨裡老遠一路走回來，瘋到天亮。」恐都是張愛玲親身經歷過的「細節」套用。至於寫王佳芝借港大的教室上課的感覺——「上課下課擠得黑壓壓的挨挨蹭蹭，半天才通過，十分不便，不免有寄人籬下之感。香港一般人對國事漠不關心的態度也使人憤慨。」則不免源自張愛玲一九五三年要重返港大被拒，及一九六四年為學歷證明、一九六六年為獎學金證明和港大鬧得非常不愉快有關，因此除了在鬧僵前所寫的散文〈燼餘錄〉外，張愛玲對港大可說是絕少提及，更沒有任何好感。

王佳芝是學校劇團的當家花旦，演的還都是「慷慨激昂的愛國歷史劇」。「汪精衛一行人到了香港，汪夫婦倆與陳公博等都是廣東人，有個副官與鄺裕民是小同鄉。鄺裕民去找他，一拉交情，打聽到不少消息。回來大家七嘴八舌，定下一條美人計，由一個女生去接近易太太——不能說是學生，大都是學生最激烈，他們有戒心。生意人家的少奶奶還差不多，尤其在香港，沒有國家思想。這角色當然由學校劇團的當家花旦擔任。」於是王佳芝化身美人計的「麥太太」，先接近易太太，再誘使易先生入彀。初顯身手，易先生果然上鉤，張愛玲生動地描寫著王佳芝的心情：「那天晚上微雨，黃磊開車接她回來，一同上樓，大家都在等信。一次空前成功的演出，下了台還沒下裝，自己都覺得顧盼間光艷照人。她捨不得他們走，恨不得再到哪裡去。已經下半夜了，鄺裕民他們又不跳舞，找那種通宵營業的小館子去吃及第粥也好，在毛毛雨裡老遠一路走回來，瘋到天亮。」

首次的成功，使得他們商討接下去要如何進行：

但是大家計議過一陣之後，都沉默下來了，偶爾有一兩個人悄聲嘰咕兩句，有時候噗嗤一笑。

那嗤笑聲有點耳熟。這不是一天的事了，她知道他們早就背後討論過。

「聽他們說，這些人裡好像只有梁閏生一個人有性經驗。」賴秀金告訴她。除她之外只有賴秀金一個女生。

偏偏是梁閏生！

當然是他。只有他嫖過。

既然有犧牲的決心，就不能說不甘心便宜了他。

今天晚上，浴在舞臺照明的餘輝裡，連梁閏生都不十分討厭了。大家彷彿看出來，一個個都溜了，就剩下梁閏生。於是戲繼續演下去。

由於與易先生初次私會雖然表演得很成功，但是若要繼續下去，恐得發生肌膚之親，她目前的身分是「麥太太」，若毫無「性」經驗，這身分馬上被揭穿。於是有嫖過妓的梁潤生就成爲與她先作「性」實習的人選，雖然她百般不願意，但爲了目的，她不得不有此犧牲的決心。但後來易先生離開香港到了上海，「美人計」的計畫並沒有實現。但她卻已做出如此重大的犧牲，同學在她背後指指點點，「態度相當惡劣」，這使她很傷感。直到太平洋戰爭爆發後，同學們都轉學到上海，她有了這種心理原因沒有去。她的同學在上海「跟一個地下工作者搭上了線」，又來找她，她才「義不容辭」也去了上海。之後，張愛玲寫道：「事實是，每次跟老易在一起都像洗了個熱水澡，把積鬱都沖掉了，因爲一切都有了個目的。」域外人曾對此提出質疑說：「我從未幹過間諜工作，無從揣摩女間諜的心理狀態。但和從事特工的漢奸在一起，會像『洗了個熱水澡』一樣，把『積鬱都沖掉了』，實在令人匪夷所思。」其實王佳芝化身麥太太的目的就是要刺殺老易，她爲此而「失身」於梁潤生的「積鬱」，因爲這個目的，而「像洗了個熱水澡」般「都沖掉了」。域外人誤解成王佳芝對漢奸的戀慕，實是「差之毫釐，失之千里」。

相對於王佳芝，張愛玲對男主角易先生，保留了更多的原型。蟹殼臉，身材矮小，骨瘦如柴，肺病已到了第三期，卻依然靠著壯陽藥縱欲無度的丁默邨，在張愛玲的筆下他是四五十歲的矮子，「穿著灰色西裝，生得蒼白清秀，前面頭髮微禿，褪出一隻奇長的花尖；鼻子長長的，有點『鼠相』，據說也是主貴的。」「他是實在誘惑太多，顧不過來，一個眼不見，就會丟在腦後。還非得釘著他，簡直需要提溜著兩隻乳房在他跟前晃。『兩年前也還沒有這樣哩，』他擁著吻著她的時候輕聲說。他頭偎在她胸前，沒看見她臉上一紅。」「一坐定下來，他就抱著胳膊，一隻肘彎正抵在她乳房最肥滿的南半球外緣。這是他的慣技，表面上端坐，暗中卻在蝕骨銷魂，一陣陣麻上來。」

域外人對這漢奸之相，被描寫是「主貴」，「委實令我不解」。但張愛玲自有她的解釋，她在〈羊毛出在羊身上〉一文中說：

一般寫漢奸都是獐頭鼠目，易先生也是「鼠相」，不過不像公式化的小說裡的漢奸色迷迷暈陶陶的，作餌的俠女還沒到手已經送了命，俠女得以全貞，正如西諺所謂「又吃掉蛋糕，又留下蛋糕」。他唯其因爲荒淫縱欲貪污，漂亮的女人有的是，應接不暇，疲於奔命，因此更不容易對付。而且雖然「鼠相」，面貌儀表還不錯——這使域外人先生大爲駭異，也未免太「以貌取人」了。——這一點非常重要，因爲他如果是個「糟老頭子」（見水晶先生〈色，戒〉書評），給王佳芝買這隻難覓的鑽戒本來是理所當然的，不會使她怦然心動，以爲「這個人是眞愛我的」。

易先生的「鼠相」「據說是主貴的」，（〈色，戒〉原文）「據說」也者，當是他貴爲僞政府部長之後，相士的恭維話，也可能只是看了報上登的照片，附會之詞。域外人先生寫道：「漢奸之相『主貴』委實令我不解。」我也不解。即使域外人先生篤信命相，總也不至於迷信中認爲一切江湖相士都靈驗如神，使他無法相信會有相面的預言僞部長官運亨通，而看不出他這官做不長。

這又回到張愛玲在處理角色，要極力擺脫傳統窠臼的問題。因此反問域外人爲什麼漢奸非要「獐頭鼠目」、非要「像公式化的小說裡的漢奸色迷迷暈陶陶的」爲什麼漢奸不能「生得清秀蒼白」，對女性散發無限魅力？爲什麼愛國少女不能「要面子」、「愛慕虛榮」？爲什麼她不能在關鍵時刻對給她買鑽戒的大漢奸動了眞情？

眞實的故事和小說最大的區別在於：前者是丁默邨自己察覺氣氛有異奪門而逃，但到了小說中卻是王佳芝提醒易先生跑掉的，而王佳芝何以在緊要關頭臨時變卦，致使籌畫多時的計畫毀於一旦呢？許多讀者不解。但張愛玲在很多地方是有所鋪陳的。首先在店東取出粉紅色鑽戒時，王佳芝的感覺是：「看不出這爿店，總算替她爭回了面子，不然把他帶到這麼個破地方來——敲竹槓又不在行，小廣東到上海，成了『大鄉里』。其實馬上槍聲一響，眼前這一切都粉碎了，還有什麼面子不面子？」接著「她把戒指就著台燈的光翻來覆去細看。在這幽暗的陽臺上，背後明亮的櫥窗與玻璃門是銀幕，在放映一張黑白動作片，她不忍看一個流血場面，或是間諜受刑訊，更觸目驚心，她小時候也就怕看，會在樓座前排掉過身來背對著樓下。」但是在此時此刻馬上就要演出「流血場面」，是眞實的。粉紅鑽戒適時爲她提供了一個逃避現實的幻覺世界：「牆根斜倚著的大鏡子照著她的腳，踏在牡丹花叢中。是天方夜譚裡的市場，才會無意中發現奇珍異寶。她把那粉紅鑽戒戴在手上側過來側過去地看，與她玫瑰紅的指甲油一比，其實不過微紅，也不太大，但是光頭極足，亮閃閃的，異星一樣，紅得有種神祕感。可惜不過是舞台上的小道具，而且只用這麼一會工夫，使人感到惆悵。」面對轉瞬之間將「轟然一響」，生命、粉紅鑽戒，都不免灰飛煙滅。

直到鑽戒交易談成，暗殺行動還沒有展開，王佳芝才「不免感到成交後的輕鬆，兩人並坐著，都往後靠了靠。這一剎那間彷佛只有他們倆在一起。」他這才發現身旁這個男人「臉上的微笑有點悲哀」，「他的側影迎著台燈，目光下視，睫毛像米色的蛾翅，歇落在瘦瘦的面頰上，在她看來是一種溫柔憐惜的神氣。」「那，難道她有點愛上了老易？她不信，但是也無法斬釘截鐵地說不是，因爲沒戀愛過，不知道怎麼樣就算是愛上了。」王佳芝拿不準在對老易的色相勾引中是不是與愛相關，做戲與做人對她來說本不易區別。所以她的虛榮心使得潛意識中寧可覺得易先生是愛她的，理應愛她的。而她疑心自己有點愛他是因爲大多數女人常認爲愛就是被愛。

張愛玲在這千鈞一髮的時刻，是這麼描寫的：

這個人是眞愛我的，她突然想，心下轟然一聲，若有所失。

太晚了。

店主把單據遞給他，他往身上一揣。

「快走。」她低聲說。

他臉上一呆，但是立刻明白了，跳起來奪門而出，門口雖然沒人，需要一把抓住門框，因爲一踏出去馬上要抓住樓梯扶手，樓梯既窄又黑魆魆的。她聽見他連蹭帶跑，三腳兩步下去，梯級上不規則的咕咚嘁嚓聲。

太晚了。她知道太晚了。

店主怔住了。他也知道他們形跡可疑，只好坐著不動，只別過身去看樓下。漆布磚上噠噠噠一陣皮鞋聲，他已經衝入視線內，一推門，炮彈似地直射出去。店員緊跟在後面出現，她正擔心這保鏢身坯的印度人會拉拉扯扯，問是怎麼回事，耽擱幾秒鐘也會誤事，但是大概看在那官方汽車份上，並沒攔阻，只站在門口觀望，剪影虎背熊腰堵住了門。只聽見汽車吱的一聲尖叫，彷彿直聳起來，砰！關上車門——還是槍擊？——橫衝直撞開走了。

放槍似乎不會只放一槍。

她定了定神。沒聽見槍聲。

一鬆了口氣，她渾身疲軟像生了場大病一樣，支撐著拿起大衣手提袋站起來，點點頭笑道：「明天。」又低聲喃喃說道：「他忘了有點事，趕時間，先走了。」

店主倒已經扣上獨目顯微鏡，旋準了度數，看過這隻戒指沒掉包，方才微笑起身相送。

張愛玲以精準無誤的場面調度、細節的特寫，心理的刻畫，俐落的剪輯，完成一場懸疑緊張得令人喘不過氣的精彩好戲。王佳芝的放走易先生，使她一下子由刺客變爲女人，而故事也達到了「反高潮」的頂峰，那是張愛玲最喜歡、最出色的手法。張愛玲獨特的寫作技巧是汲取通俗小說中「傳奇化的情節與寫實的細節」的特點，而以「豔異的空氣的製造與突然的跌落」來造成「反高潮」，然後「傳奇裡的人性呱呱啼叫起來」。在〈色，戒〉中，她無疑地是成功的。

對張愛玲而言，王佳芝首先是女人，她唯情感是尊、唯情感是大，這是女人的特點，也是女人的悲劇。她爲一霎時的女性（情感）所觸動而犧牲了同志，也毀滅了自己。在佳芝的心中：「她最後對他的感情強烈到是什麼感情都不相干了，只是有感情。」但在易先生的心中卻認爲「他們是原始的獵人與獵物的關係，虎與倀的關係，最終極的佔有。她這才生是他的人，死是他的鬼。」這是女人最可悲的地方，女人永遠可以爲她愛上的男人獻出一切，而男人卻無法如此。因此張愛玲在〈色，戒〉中，對男人的冷酷自私給予過尖銳直接的抨擊：「他一脫險馬上一個電話打去，把那一帶都封鎖起來，一網打盡，不到晚上十點鐘統統槍斃了。她臨終一定恨他。不過『無毒不丈夫』。不是這樣的男子漢，她也不會愛他。」

小說的結尾是王佳芝被槍斃後，易先生再次出現在牌桌邊，一如小說的開頭是王佳芝、易太太等汪僞政府的官太太在打麻將，而此時其他三位太太依然在座，只是王的位置卻已經被廖太太頂替了，她的死除了易先生外，沒有人知道。小說的「終點」又回到「起點」，這又與張愛玲早期小說的首尾呼應，如出一轍。只是此時易先生的再度回到牌桌之時，已是王佳芝香消玉殞，一切情慾俱空之際了。麻將桌是玩牌下注的賭場，又何嘗不是人生玩命的賭場呢？可嘆的是，這場暗殺行動亦如麻將桌上的輸贏，王佳芝本來是可以贏的，只因一念之仁，她輸了，而且是在沒有翻身機會地輸了。張愛玲在指責男人之餘，更多的是對女人「哀其不幸」。

張愛玲也許藉著胡蘭成所提供的故事加以重新改寫，原本特工之間的明槍暗箭轉換成男女之間的佔有與愛憐。王佳芝對易先生的愛和易先生對王佳芝的狠心，不禁讓人想起了張愛玲與胡蘭成之間的關係。

當我們翻看胡蘭成以生花妙筆、洋洋自得寫成的《今生今世》時，我們無庸置疑地認定他是個才子，是個風流才子，但他並不眞正懂得張愛玲，他曾經愛過張愛玲，這是不假，但絕對不及張愛玲愛他的一半。胡、張之戀最感人的地方，不是他們相識的時候，也不是兩人終日情話到天明的時候，更不是排除艱難結爲秦晉之好的時候，而是在胡蘭成負情之後，張愛玲的癡苦之時。

學者嚴紀華認爲〈色，戒〉：「其中男女主角的對待起伏迴旋甚大，似乎是借屍還魂地道出了張愛玲過去與胡蘭成的情感試煉與創傷。亦即將王佳芝的情慾釋放與張氏本身的情慾釋放連結，從這個角度觀察，整個間諜故事的主謀兇手或可遙指到『父愛癥結』：也就是張愛玲所曾經歷過的又愛又恨的缺陷童年，以及她一直深深企盼卻終於落空的感情（親情、愛情）。」

張愛玲又說過：「一切好的文藝都是傳記性的，事實不過是原料，我對創作苛求，對原料愛好，是偏嗜其特有的韻味，也就是人生味。」張愛玲在遍嚐人生的況味後，在改寫這個故事中，不經意地把自己投影在王佳芝的身上，也因此她的筆端流洩出「雖然她恨他，她最後對他的感情強烈到是什麼感情都不相干了，只是有感情。」

歷經三十年的改寫，〈色，戒〉發表於《半生緣》之後的十年，我們知道《半生緣》相當程度是張愛玲與胡蘭成戀情的寄存處——《十八春》的重新開封，它是胡、張塵封十八年戀情的最後回眸，那是張愛玲在喪失「新歡」、再感孤身飄零後，不免憶起「舊愛」。而再經十年後，她在他鄉異國更顯得孤寂，她終於完成這個三十年前就曾寫就的故事。雖然她曾清堅決絕地拒絕作家朱西寧在一九七四年致函邀她來台灣和胡蘭成會面，但她在提筆改寫這故事時，不免會回首前塵往事，而因爲經過長時間歲月的淘洗，當時的傷痛刺激以轉換成平和甚至美好的回視來處理，只是有些創傷是永難復原的，因此張愛玲在此時有著清醒的自省。

小說名爲〈色，戒〉，其實已不單是表面的意義，它不是易先生的好色之戒，而該是王佳芝的情之戒，是所有女人的情之戒，當然更包括張愛玲自身，這是張愛玲又一次不經意地坦露自己。

①羅久蓉〈歷史敘事與文學再現：從一個女間諜之死看近代中國的性別與國族論述〉，《近代中國婦女史研究》第十一期，二〇〇三年十二月。

9

從〈色，戒〉看張愛玲的愛情投影

張愛玲在《惘然記》的書前短文說：「在文字的溝通上，小說是兩點之間最短的距離。就連最親切的身邊散文，是對熟朋友的態度，也總還要保持一點距離。只有小說可以不尊重隱私權。但是並不是窺視別人，而是暫時或多或少的認同，像演員沉浸在一個角色裡，也成爲自我的一次經驗。」又說：「寫小說的間或把自己的經驗用進去，是常有的事。至於細節套用實事，往往是這種地方最顯出作者對背景的熟悉，增加眞實感。作者的個性滲入書中主角的，也是幾乎不可避免的，因爲作者大都需要與主角多少有點認同。」因此在「虛構」的小說中會滲入作者「眞實」的故事，張愛玲稱之爲「靈魂偷渡」。張愛玲將自己的愛情「偷渡」到她的小說中，在《十八春》（後來又改寫爲《半生緣》）可明顯找到她和胡蘭成的感情殘影，同樣在〈色，戒〉我們也可以看到張愛玲的自身投影，不僅是和胡蘭成的，還有和賴雅（Ferdinand Reyher）的愛情。

一九四五年七月二十一日，在《雜誌》舉辦的「納涼會」上，記者陳彬龢問到張愛玲的戀愛觀，以及是否會寫這方面的文章時，一向重視自己隱私的張愛玲淡淡的、正經地回答道：「即使我有什麼意見，也捨不得這樣輕易地告訴您的罷？我是個職業文人，而且向來是惜墨如金的，隨便說掉了豈不損失太大了麼？」而針對後一個問題，張愛玲回答道：「將來等我多一點經驗與感想時候一定要寫的。」當時她和胡蘭成才成婚不久，是還少了一些經驗和感想的。而等到一九五〇年三月二十五日，張愛玲以「梁京」的筆名（當時張愛玲的名字已被視爲漢奸的同路人，而被封殺了。）在上海的《亦報》開始連載長篇小說《十八春》時，不僅早已和胡蘭成分手三年了，又因張、胡之戀而經歷許多風風雨雨，她必然感慨良多，於是借《十八春》男女主角相愛分離的故事，來偷渡自己的靈魂，也是再自然不過的事，那些「曾經滄海」的「眞實事蹟」，就不經意地化作小說的「細節」描寫。

胡蘭成在《今生今世》書中這樣寫著，有一次他從上海回南京，接到張愛玲從上海寄來的一封信，信上寫道：「你說沒有離愁，我想我也是的，可是上回你去南京，我竟要感傷了。」我們對照《十八春》有兩次寫道顧曼楨送沈世鈞回南京的情景，第一次是曼楨替世鈞整理皮箱，她把世鈞的襯衫領帶和襪子，一樣一樣地經過她的手放入箱內，是那麼深情款款，那麼依戀不捨；第二次是世鈞回南京與曼楨辭行時，張愛玲寫著：「他上次回南京去，他們究竟交情還淺，這回他們算是第一次嚐到別離的滋味了。」世鈞走後，曼楨正在辦公室給他寫信，寫時「兩邊都用紙蓋上，只留下中間兩行」，彷彿很祕密似的。信尚在寫，不想世鈞已回到上海，當他在曼楨辦公桌上看到曼楨的信，臉上便泛出微笑來。兩人出去吃飯時，世鈞把信拿出來一邊走一邊看著，「曼楨見了，不由得湊近前去看他看到什麼地方。一看，她便紅著臉把信搶了過來，道：『等一會再看。帶回去看』。」在此我們看到戀愛中少女嬌羞的模樣，是曼楨，但又何嘗不是張愛玲本身呢？學者萬燕就指出：「這種情癡的場面就像胡蘭成在《今生今世》中所寫的，張愛玲孜孜地只管看著胡蘭成，『不勝之喜』的鍾情，可見張愛玲無論怎樣痛楚失意，對這一段愛情都是非常珍惜的，因為喚起了她心中久已失落的許多美好的情感。」

一九六七年張愛玲將《十八春》改寫為《半生緣》，二十年後的此時，對張愛玲而言，無疑地是她在人生的旅程中，又一次的孤身飄零，因為在這一年她的第二任丈夫賴雅去世了。張愛玲藉著這次的改寫，對往事做最後的回眸。她

《十八春》後改寫為《半生緣》，有學者提及部分描寫與《今生今世》的呼應。

再次把書中的男女主人公一一召喚出來，她深情地說：「此情可待成追憶，只是當時已惘然。」她要藉著這《惘然記》（《半生緣》在《皇冠》雜誌連載時，起先名爲《惘然記》，後才改爲《半生緣》。）來訴說她的《半生緣》。我們看看張愛玲新修改的結局是這樣寫著：「曼楨半晌响方道：『世鈞，我們回不去了。』他知道這是眞話，聽見了也還是一樣震動。她的頭已經在他的肩膀上。他抱著她。」「她一直知道的。是她說的，他們回不去了。他現在才明白爲什麼今天老是那麼迷惘，他是跟時間在掙扎。從前最後一次見面，至少是突如其來的，沒有訣別。今天從這裡走出去，卻是永別了，清清楚楚，就跟死了一樣。」這使我們想起張愛玲到溫州千里尋夫，原以爲可以要回一份完整的感情，哪想見到是霧散淒涼、百孔千瘡的情景，張愛玲懷著極大的慘傷對胡蘭成說：「你到底是不肯。我想過，我倘使不得不離開你，亦不致尋短見，亦不能再愛別人，我將只是萎謝了。」「執子之手，與子偕老」，當年曾是愛意滿盈，萬水千山、傾國傾城，到如今卻又如此蒼涼，難怪張愛玲要說：「執子之手」，是最悲哀不過的詩句。只因「牽手」之後，常免不了要「放手」的，而「放手」看似瀟灑，實際上是淚乾心枯之後的絕望。只因雙手一放，紅塵無愛、人世蒼涼。那是人間最淒烈的場景，尤其是在渡口的地方，岸凝江流，帆起舟行，此岸彼岸，放手之頃，即成永絕。分手的那天，下著雨，張愛玲說：「那天船將開時，你回岸上去了，我一人雨中撐傘在船舷邊，對著滔滔之黃浪，涕泣久之。」因此論者指出《十八春》或《半生緣》，都是張愛玲與胡蘭成戀情投影的寄存處。張愛玲似乎是把自己靈魂藉著《半生緣》中假想的會面和回憶，做最後一次的道別，從此永不再回頭了。

而關於〈色，戒〉，張愛玲曾寫道：「這三個小故事都曾經使我震動，因而甘心一遍遍改寫這麼多年，甚至於想起來只想到最初獲得材料的驚喜，與改寫的歷程，一點都不覺得這其間三十年的時間過去了。愛就是不問值不值得。這也就是『此情可待成追憶，只是當時已惘然』了。因此結集時題名《惘然記》。」論者平陽先生曾這麼認爲：「張愛玲爲什麼會對一個小故事有這樣的震動，願意付出三十年的時間去反覆的修改提煉？我認爲答案只有一個，那就是作家本人在這個故事裡找到了強烈的精神共鳴。反覆看〈色，戒〉，再比較張愛玲的愛情歷程，不難發現，其實〈色，戒〉是張愛玲自我意識和精神的一次完全眞實的坦露，這種意識和精神包含了她對人性的認知以及她對愛情本質的認知。用張愛玲自己的話說就是『羊毛出在羊身上』！張愛玲是通過〈色，戒〉來表達她自己的愛情觀。她通過小說告訴讀者，『愛就是不問值不值得』。」

張愛玲的愛情觀，其實在她發表在一九四四年四月的《雜誌》月刊的那篇〈愛〉，已說得很清楚。那時她和胡蘭成才相識兩個月，這篇小品的故事也是張愛玲從胡蘭成口中聽來的，故事中的女孩就是胡的繼母。張愛玲這樣寫著：「於千萬人之中遇見你所遇見的人，於千萬年之中，時間的無涯的荒野裡，沒有早一步，也沒有晚一步，剛巧趕上了，那也沒有別的話可說，唯有輕輕地問一聲：『噢，你也在這裡嗎？』」這些話語既是寫故事中的人，又何嘗不是在寫他們自己呢？胡、張此時似乎都感覺彼此都是「於千萬人之中遇見你所遇見的人」，尤其是張愛玲最可驕人的是她的聰明，而胡蘭成也是個極端聰明的人，不僅如此，他還是個悟性極高的人，他不僅懂得張愛玲，更能將她的意思引伸發揮，因此她的欣賞讚美，在張愛玲感覺上就格外地熨貼。難怪張愛玲要這麼稱讚胡蘭成說：「你怎這樣聰明，上海話是敲敲頭頂，腳板底也會響。」也就因爲如此，張愛玲不因胡蘭成早已有妻小，也不因胡蘭成的政治傾向，她愛上了他，有的人常會質疑這段愛情，但在張愛玲的心中，「愛就是不問値不値得」。

因此在〈色，戒〉中，儘管易先生是個乏善可陳的人物，怎麼後來王佳芝還會爲他奮不顧身呢？平陽認爲張愛玲正是要通過易先生這個在別人看來一無是處、身無長物的男人，來突出主題證明她的愛情觀：「愛就是不問値不値得」。這才是作家眞正想要表達的重點，也就是主題思想。

我們看到張愛玲是如何描寫王佳芝的——從開始的「從十五六歲起她就只顧忙著抵擋各方面來的攻勢，這樣的女孩子不大容易墜入愛河，抵抗力太強了。」

到後來「那，難道她有點愛上了老易？她不信，但是也無法斬釘截鐵地說不是，因爲沒戀愛過，不知道怎麼樣就算是愛上了。」再到最後生死一瞬間時，「他的側影迎著台燈，目光下視，睫毛像米色的蛾翅，歇落在瘦瘦的面頰上，在她看來是一種溫柔憐惜的神氣。這個人是眞愛我的，她突然想，心下轟然一聲，若有所失。」她想到這個人在瞬間馬上要喪命於槍口下，「太晚了。」她心中暗叫。「快走。」她低聲說。她這一聲「快走」，救了他一命，卻斷送自己的性命。女人爲愛的獻身，往往是在一瞬間就下了決心的，不會經過太多的猶豫和權衡。認定了，便義無反顧。認定了，便不去管值不值得！在張愛玲心中，女人就是這樣，永遠是感性的和感情的動物，這一剎那「眞愛」的感覺，兩年的精心設局也忘了、同盟志友也忘了、愛國熱情也忘了、甚至連自己的身家性命也忘了，只有這一剎那「眞愛」的感覺是最重要的，爲了這一「眞愛」，整個世界及生命都可以放棄了！

在〈色，戒〉從構思、改寫到發表的二十餘年中，張愛玲在感情生活中，也經歷了第二春，從喜獲到喪夫的過程，這種種的感懷，似乎也與小說相互呼

張愛玲的第二任丈夫賴雅（右）與劇作家布萊希特頗有私誼。

應。一九五六年，三十六歲的張愛玲在美國麥道偉文藝營邂逅了六十五歲的美國白人作家賴雅。一個孤寂封閉，一個交友甚廣；一個用錢精明，一個出手大方；一個喜歡大都市的繁喧，一個喜歡小鄉鎮的恬靜；一個出身於沒落的名門貴族，一個來自於德國中產移民；一個是政治絕緣體，一個是馬克思主義者。兩個迥然有別的人，卻產生了一段忘年之戀。

新婚剛兩個月，賴雅又一次中風，並且瀕臨死亡。他倆連住處也沒有保障，爲了糊口，張愛玲也像賴雅一樣，不得不寫一些劇本之類的東西，而分散了她文學力作的完成。有一天夜裡，張愛玲做了一個夢，夢見一位不認識的作家，取得極大的成就，相比之下，她自己覺得很丟人。早上醒來，她向賴雅哭訴，賴雅設法安慰她，但他從內心知道，這是對貧困無名和不公正遭遇的一種抗議。

張愛玲爲了謀生和發展，在結婚的六年後，不得不決定到港台找機會，一趟亞洲之行，已把他們的積蓄花光。賴雅更憂心忡忡，預感到大難臨頭，她將離他而去，也就是說她將拋棄他而遠走高飛。一九六一年十月，張愛玲到台灣，此行原本要來採訪張學良，以便爲她寫《少帥》（Young Marshall）小說，提供更多的材料，沒想到她錯估台灣的政治情勢，在那個年代裡訪問張學良是不可能的，張愛玲的失望之情是可以想見的。在台灣時，張愛玲又得到賴雅再一次中風昏迷的消息，但她沒有足夠的錢去買機票回美，況且還要籌一些錢爲他進一步治療。於是當她確定賴雅情況不是很嚴重之後，她決定先到香港，趕寫《紅樓夢》等劇本賺一些錢，然後才回美國。此時的她，也受到疾病的折磨，眼睛曾有潰瘍的症狀，如今因每日的熬夜寫作而出血。三個月的苦幹換來的幾乎是一場空，《紅樓夢》劇本完成後由於種種原因，而沒被接受。第三個劇本扣除住宿醫療費，還欠別人好幾百塊錢。為了劇本的事她和好友宋淇夫婦又發生不愉快，她透過香港的萬家燈火，眺望大洋彼岸，自嘆在這茫茫的世界裡，除了遠在天邊的賴雅，自己完全是孤獨的。

病情好轉的賴雅，來信催她回去，說是在紐約找了一個公寓小套間，她一定會喜歡的。此時心力交瘁的她，歸心似箭，再也不能呆下去。在一九六二年三月十六日那天，賴雅在日記中寫道「愛玲離港之日」。雖然張愛玲寫信告訴他，在舊金山轉機，直接到華盛頓，抵達時間是三月十八日中午。但他迫不及待在三月十七日就到機場去了一趟。第二天，他又和女兒菲絲到機場接機，看到久別的愛妻，他歡喜萬分。

回到美國後不久，兩人雙雙病倒，好不容易賺來的錢一下子花光光。而這次賴雅的中風，始終再沒有好起來。後來，他癱瘓了兩年，大小便失禁，全由張愛玲照料。她為此做出了最大的犧牲，她寫作的才華全都浪費在看護和保姆的繁忙中。儘管有菲絲的協助，但終究挽救不了賴雅。賴雅本人也絕不願成為愛妻和愛女的包袱。張愛玲帶著垂死的賴雅為生計到處奔波，她越搬越鄉下，終至搬到黑人社區。那時的賴雅已經只剩下一把骨頭，也不能怎麼動彈了。一九六七年，賴雅在張愛玲的身邊走完了他的人生。這對張愛玲來說，既是解脫，然而也是損失。她本來是一個柔弱的女人，爲垂死的老人，她奉獻得夠多了，奉獻中最重要的是文學天分的耗盡。但同時，她永遠失去了一個眞正愛她、理解她、關懷她的人。

論者平陽認爲「在張愛玲和賴雅的愛情裡，張愛玲的犧牲雖然不像〈色，戒〉裡的王佳芝那樣轟轟烈烈，可是本質卻是一樣的，都是爲了一個在別人眼裡並不出色甚至很糟糕的男人，無怨無悔的付出眞愛。因此我說，讀懂了〈色，戒〉就讀懂了張愛玲。小說名爲〈色，戒〉，其實與色無關，在〈色，戒〉裡，作家參透了情，說是色之戒，其實是情之戒，說是情之戒，其實是預言了情之不可戒，即使佳芝那樣聰明的女人也不可戒，因爲戒情無異於戒心，戒了心的人如何還能活？戒也是死，不戒也是死，或者這就是女人的宿命吧！」

不管《半生緣》的改寫也罷，〈色，戒〉的漫長創作也罷，它們都完成在賴雅去世之後，也是張愛玲又再次經歷孤身飄零之時，她對往事的回眸，必也是纏綿而百感交集的！我們看她在《半生緣》這麼寫著：「他在絕望中摟得她更緊，她也更百般依戀，一隻手不住地摸著他的臉。」是世鈞，還是蘭成？我們何曾看過張愛玲筆下有這樣動人而凄美地描寫，也唯有這一次了。在〈色，戒〉寫到王佳芝被易先生下令槍斃了，易先生覺得「她的影子會永遠依傍他，安慰他。雖然她恨他，她最後對他的感情強烈到是什麼感情都不相干了，只是有感情。」這也是學者陳輝揚指出的「誰都不會忘記《半生緣》有段時期也叫《惘然記》，爲何一題竟兩用（案：〈色，戒〉等小說結集時又名為《惘然記》）……《半生緣》確是用情甚深之作，且有不少她自己感情的殘影。」同樣地，我們在〈色，戒〉中，也看到了張愛玲自身感情的投影。張愛玲似乎要以她半生情緣來成就一部「回不去了」的《惘然記》——「此情可待成追憶，只是當時已惘然」，不說也罷！

10

平心論〈色，戒〉

最近重翻夏志清先生發表於一九九八年七月號《聯合文學》第十四卷第九期張愛玲給他的信件（編號九〇及九一兩封信），發現一九七八年十月一日域外人（張系國）發表〈不吃辣的怎麼胡得出辣子？——評「色，戒」〉一文時，張愛玲幾乎是在最短的時間內，迫不及待地予以回擊。同年十一月二十六日她給夏志清的信（編號九〇）即說：「……我也寫了篇東西關於〈色，戒〉，講域外人那篇文章。我投稿都託宋淇轉寄，也是讓他幫著看看有沒有礙語。這次剛碰上香港郵局怠工，現在才收到信，知道已經寄給中國時報。」十一月二十七日，《中國時報》刊出她的〈羊毛出在羊身上〉，由此往回推算，扣除美國到香港、香港到台灣及香港郵局怠工的時間，可知一向「慢工出細活」的張愛玲，這次是一反常態的快速。而同樣在十一月二十七日，張愛玲又給夏志清一封信（編號九一），信中說：「……還有，讓你這麼忙的時候還要寫文章替〈色，戒〉洗刷，實在抱歉到極點，都也會忘了提，太說不過去，想必是因為 feeling guilty，排斥到意識外了。又補了這封短信來——」至於夏志清為她辯駁的文章內容，據夏志清的回憶是：「最近張系國在他的〈域外人〉裡，認為張愛玲在

〈色，戒〉裡沒有強調汪朝重臣的『漢奸』性，表示十分遺憾。其實張寫的是一則永恆性的人間故事，發生在汪精衛時代的上海也可以，發生在袁世凱復辟時期的北京，阮大鋮、侯方域時代的南京也可以，祇因張自己對僞政府時代的上海特別熟悉，就採用了這個背景——她無意寫人物個性忠奸立判的小說。」

前不久，與張愛玲私交甚篤的學者莊信正在二〇〇六年十二月號的《印刻文學生活誌》第三卷第四期發表張愛玲給他的信件（四），其中在一九七八年十二月二日的信中說：「……十月初中國時報上有篇域外人（張系國）罵〈色，戒〉的文章。我最不會筆戰，一向投稿都託宋淇轉寄，好幫我看看有沒有礙語，這次剛碰上香港郵局怠工。志清想必以爲我不預備答辯了，來信說他寫了篇文章代爲洗刷。」同年十二月十一日的信說：「……我那篇關於域外人『評〈色，戒〉』登在十一月二十七的中國時報上。這些報紙大概你都有，所以沒寄剪報來。」到了一九八二年據莊信正說因他給她報告心得時重提到〈色，戒〉裡用曲筆來處理女主角王佳芝，於是引發張愛玲在七月五日的信中說：「……〈色，戒〉的佳芝本來心理不正常，因爲爲了做特工犧牲了童貞，而同伙的同學對這一點的態度不好，給她很大的刺激。英文有句名言：『權勢是一種春藥』，我想也是a love potion。——應當添進去，多謝間接提醒我——她多少有點愛易，性方面也OK。」而由於莊信正在七月十七日給張愛玲的信中提到「前幾年〈色，戒〉刊出後域外人寫的那篇批評我始終沒有看到，也不知道您和夏志清先生駁了他沒有。至於我自己，最近這次重讀您的著作，只覺得比從前更加佩服。」因此在十月十四日她給莊信正的信中說：「……域外人評〈色，戒〉那篇，我去複印別的東西，順便印了一份附寄來。我答辯的一篇忘了也印一份。預備收入我正在整理的集子裡，只好等出書再寄來了。」

從張愛玲這些往來的信件即知，她對於域外人的嚴厲批評，是多麼耿耿於懷，才會在最短的時間內做出回應。

〈色，戒〉的首次發表，其實不是在《中國時報》人間副刊，而是比人間副刊更早五個月的《皇冠》台灣版（一九七七年十二月，第四十八卷第四期），並在該刊美國版第二十一期（一九七八年三月號）轉載。曾經在舊金山訪問過張愛玲的水晶，在美國看到〈色，戒〉異常興奮，立即於三月四日寫了一篇〈生死之間——讀張愛玲「色，戒」〉，發表於一九七八年五月十八日的《聯合報》副刊；這應該是有關〈色，戒〉的第一篇評論。水晶在文中說，他在舊金山東岸的奧克蘭城花了一元三毛美金買了一本三月號《皇冠》，就是專爲看〈色，戒〉。他認爲在張愛玲的寫作生涯中，〈色，戒〉無疑邁進了一大步，但他也認爲：「難道這一層的轉變，須得花二十三年的醞釀——從五五年的〈五四遺事〉到七八年的〈色，戒〉，須是二十三年了——才能從葡萄化爲佳釀？作者所付的代價，同讀者爲等待而付出的時間，豈不同樣的巨大？」

對於〈色，戒〉的象徵意義，水晶在該文中，也有精闢的見解：

〈色，戒〉這一題目，似是對易先生而言，實際上是針對著王佳芝——女人犯起色戒來，似乎只有粉身碎骨一途了。像這種玩特務而犧牲色相的遊戲，幾個大學生串戲之餘，居然也想來玩玩，以身試「法」，豈不近乎兒戲？王佳芝爲了好玩（博取掌聲）而斷了頭顱，想想豈不值？王爲了佈置這套美人計、天仙局，先讓梁閏生破了身，也是不值。後來死在一個「無毒不丈夫」形容猥瑣的糟老頭子漢奸手下，更是不值到哪裡去了。粉紅色的鑽戒（色戒）對王佳芝來說，豈不成了她的致命傷？但是，話不能這樣說，在那苦悶惶惑的時代，什麼反常的事都可能發生。作者所以說，「每次跟老易在一起都像洗了個熱水澡，把積鬱都沖掉了，因爲一切都有了個目的。」像《海上花》裡的趙二寶，王佳芝雖說爲了出風頭，爲了好玩，爲了那顆價值十一根金條的粉紅鑽石而喪生，她的死，對她苦悶的生命來說，至少是轟轟烈烈的；至少對她個人來說，充分代表了意義——何況在那電掣雷霆的一瞬間，她清楚地認定了：這個人是愛我的！這樣的「認定」，比起王嬌蕊與振保分手後，拖著孩子再嫁的局面看來，是更有積極的意義的。換言之，佳芝的死是不值又值。張女士在〈談看書〉一文中說過，事實的發展，往往有一種說不出來的甜酸苦辣的滋味。王佳芝的遭遇也令人興起這一種眞切的感喟。這種感喟既非「淘滌」作用（purge），也非理智性的印證（empathy），而是掩卷太息：人生就是這樣的；儘管這種事情，不可能會發生到我頭上來。這又像她在〈談看書〉中說過的：「再不然是很少見的事，而使人看過之後會悄然說：「是有這樣的」」；又說「……是在人類經驗的邊疆上開發探索，邊疆上有它自己的法律。」

因此水晶認為，「王佳芝的死，是介乎悲劇與嘲弄之間。本來悲劇與嘲弄，就很難界說得清楚。但是就事論事，王佳芝在最後生死之間，有所選擇，她是她自己命運的主人。所以嘲弄irony的意味，有勝悲劇性。」

一九八七年七月，水晶在〈從屈服到背叛——談張愛玲的「新」作〉一文中，對此看法又有延伸，他說：

我們若把張愛玲晚近的三篇小說，跟以前《傳奇》中的故事比較一下，就發現主題有了改變，以前的小說，無論是〈傾城之戀〉、〈沉香屑〉，甚至於《半生緣》、《怨女》，說的都是女主角委曲求全、失面子的屈服。可是從〈色，戒〉開始，她的主題顯然朝前邁進了一大步。那便是，她想探索的，不再是人性中卑微的屈服，而是人為什麼要背叛別人。……這個故事當初引起爭論的地方是什麼呢？是忠奸不分，是非不明，犯了爲敵人作宣傳，爲虎作倀的禁忌，主題彷彿曖昧了一點。其實背景換了吳佩孚、孫傳芳的軍閥時代，或者辛亥革命期間，故事照樣行得通，因爲張愛玲只是想藉著這個比較接近她那個時代的故事來表現她的「艾朗尼」（irony）特技而已，而敵僞時期的上海背景她又比較熟悉、比較容易處理而已。……當然小說中最重要的，是那顆十五克拉重的鑽戒，這是老易買給她的定情禮物。王佳芝以爲老易連他太太也不肯買的粉紅鑽，居然買給了她，顯然對她是眞心的。殊不知老易給歡場女子買貴重禮物是常事，這一點，和他對待太太（也就是北方人所謂的「米麵」夫妻），是完全不同的。結果，在大夥兒辛辛苦苦布置好的陷阱口，她放走了老易。王佳芝的背叛行爲，說來情有可原，因爲她是在愛情的幻覺下犯了「色戒」。

張愛玲對於她的作品一向注重命名，據好友宋淇的回憶，當年張愛玲將《十八春》改寫爲《半生緣》時，考慮過的名稱不下五個：《浮世繪》似不切題，《悲歡離合》又太直，《相見歡》又偏重「歡」，《急管哀弦》又調子太快，《惘然記》雖別致，但不像小說名字。張愛玲最後採納宋淇的意見，取名《半生緣》——雖俗氣，可是容易爲讀者所接受。學者何錫章及溫嘯也指出，〈色，戒〉其實是包含「色」與「戒」兩大部分，而這其中有諸多含意，有實指，有虛指，就因其多義性，也構成了小說豐富的意涵。「色」在小說中可解爲「美色」，喻指爲「美人計」；同時它也是「幻」，佛家所說的「色即是幻」。而「戒」實指鑽戒，虛指「心存戒備」之意。我們看在小說中易先生如何爲王佳芝的美色所迷，「他是實在誘惑太多，顧不過來，一個眼不見，就會丟在腦後。還非得釘著他，簡直需要提溜著兩隻乳房在他跟前晃。『兩年前也還沒有這樣哩，』他擁著吻著她的時候輕聲說。他頭偎在她胸前，沒看見她臉上一紅。」還有「一坐定下來，他就抱著胳膊，一隻肘彎正抵在她乳房最肥滿的南半球外緣。這是他的慣技，表面上端坐，暗中卻在蝕骨銷魂，一陣陣麻上來。」而王佳芝在緊要關頭的時候，只因易先生送了連買給她太太都捨不得的粉紅鑽戒，一時情迷，「他的側影迎著台燈，目光下視，睫毛像米色的蛾翅，歇落在瘦瘦的面頰上，在她看來是一種溫柔憐惜的神氣。這個人是眞愛我的，她突然想，心下轟然一聲，若有所失。」這又何嘗不是王佳芝的「迷情」記，不管是易先生的被「色誘」，或王佳芝的「迷情」，〈色，戒〉最表層的「色」字已點到了。「色」的深一層含意具有「幻」的意義，王佳芝的演戲本身就具有夢幻色彩，而暗殺行動是一連串緊張、懸疑的精彩好戲，爲了演好這場戲，她必須「失身」於大學同學梁潤生，來換取「性經驗」，這又何嘗不像演戲前的排練？因此王佳芝感到：「只有一千零一夜裡才有這樣的事。用金子，也是天方夜譚裡的事。」是那麼虛幻不實。而這種夢幻的感覺，一直充塞在王佳芝的腦海中，我們看她在咖啡館等易先生時，同學揶揄的笑臉反覆出現在她眼前：「就連現在想起來，也還像給針紮了一下，馬上看見那些人可憎的眼光打量著她，帶著點會心的微笑，連鄺裕民在內。」而在珠寶店裡選買鑽戒時，王佳芝先是產生幻覺，「一方面這小店睡沉沉的，只隱隱聽見市聲——戰時街上不大有汽車，難得撳聲喇叭。那沉酣的空氣溫暖的重壓，像棉被搗在臉上。有半個她在熟睡，身在夢中，知道馬上就要出事了，又恍惚知道不過是個夢。」接著「她把戒指就著台燈的光翻來覆去細看。在這幽暗的陽臺上，背後明亮的櫥窗與玻璃門是銀幕，在放映一張黑白動作片，她不忍看一個流血場面，或是間諜受刑訊，更觸目驚心，她小時候也就怕看，會在樓座前排掉過身來背對著樓下。」最後愛情的幻覺使得王佳芝在生死關頭之際放走易先生，而自己卻走上不歸路。整個計畫功虧一簣，兩年的投入，包括她個人的委屈，不都是爲了最後的目標？此時此刻鳥兒已進羅網，獵槍將扣扳機，卻在最後這一剎那，在她心不在爲地試著獵物準備買給她的鑽戒時，她突然發現，「他的側影迎著臺燈，目光下視，睫毛像米色的蛾翅，歇落在瘦瘦的面頰上，在她看來是一種溫柔憐惜的神氣」。於是，「這個人是眞愛我的」，一念既出，轟然崩潰，這也許存在的一點點愛，雖只一點點，已足以救了易先生的命，已足以讓佳芝成爲了撲火的飛蛾，爲那一點點愛葬送了自己的性命。「快走」兩個字，亦如《半生緣》中的「我們回不去了」一樣，前者是「捉放曹」的「慈悲」；後者是「無力回天」的「低訴」，同樣奪人心魂！

「戒」字，在表層的意義是「鑽戒」。它是這篇小說的重要「道具」。從一開頭，牌桌上光芒四射的鑽戒就讓王佳芝自慚形穢：「牌桌上的確是戒指展覽會，佳芝想。只有她沒有鑽戒，戴來戴去這隻翡翠的，早知不戴了，叫人見笑——正眼都看不得她。」而在易先生第一次與她「偷情」時，易先生允諾買只戒指（鑽戒）給她，易先生對她說：「我們今天值得紀念。這要買個戒指，你自己揀。今天晚了，不然我陪你去。」這不僅讓王佳芝初歷誘惑，也引發她後來暗殺行動的場所選擇——珠寶店。「他這樣的老奸巨滑，決不會認為她這麼個少奶奶會看上一個四五十歲的矮子。不是為錢反而可疑。而且首飾向來是女太太們的一個弱點。她不是出來跑單幫嗎，順便撈點外快也在情理之中。他自己是搞特工的，不起疑也都狡兔三窟，務必叫人捉摸不定。她需要取信於他，因為迄今是在他指定的地點會面，現在要他同去她指定的地方。」「戒」字的深層意義是「心存戒備」。在小說中我們看到王佳芝無時無刻不在緊張、戒備中，她對她的同學們心存戒備，總覺得「他們用好奇的異樣的眼光看她」，再次讓她參與暗殺計畫時，「也甚至於這次大家起哄捧她出馬的時候，就已經有人別具用心了。」與易先生單獨相處時，王佳芝「那兩次總是那麼提心吊膽，要處處留神，哪還去問自己覺得怎樣。回到他家裡，又是風聲鶴唳，一夕數驚。他們睡得晚，好容易回到自己房間裡，就只夠忙著吃顆安眠藥，好好地睡一覺了。鄺裕民給了她一小瓶，叫她最好不要吃，萬一上午有什麼事發生，需要腦子清醒點。但是不吃就睡不著，她是從來不鬧失眠症的人。」她更唯恐與易先生偷情被易太太發覺：「這太危險了。今天再不成功，再拖下去要給易太太知道了。」尤其她還是住在易家：「今天要是不成功，可眞不能再在易家住下去了，這些太太們在旁邊虎視眈眈的。也許應當一搭上他就找個什麼藉口搬出來，他可以撥個公寓給她住。」而在珠寶店時，面對眼前的粉紅鑽時，王佳芝心裡想：「其實馬上槍聲一響，眼前這一切都粉碎了，還有什麼面子不面子？明知如此，心裡不信，因爲全神在抗拒著，第一是不敢朝這上面去想，深恐神色有異，被他看出來。」她要故做鎭定，時時戒備著。

〈色，戒〉還有另一層含意即是對故事中的人物的妄念的嘲諷。王佳芝的甘願當美人計的主角，除了有愛國除奸的初衷外，更多的是虛榮心的驅使——爲了能繼續陶醉於舞台上顧盼生輝，光彩照人的幻象中。美人計第一次展開就首戰告捷，「一次空前成功的演出，下了台還沒下裝，自己都覺得顧盼間光艷照人。她捨不得他們走，恨不得再到那裡去。已經下半夜了，鄺裕民他們又不跳舞，找那種通宵營業的小館子去吃及第粥也好，在毛毛雨裡老遠一路走回來，瘋到天亮。」美人計再度展開時，與她疏遠日久的同學又再次找到她，即使明知是「有人別有用心」，她也「義不容辭」：一則她不願白白犧牲了童貞，再則她不願遠離觀衆，她抵擋不住重返舞台的誘惑。舞台上的光輝令王佳芝眩目，分不清戲裡戲外，讓她產生「這人是眞愛我」的幻覺，從而放走易先生，鑄成大錯。

如果說王佳芝的妄念尚有引人同情之處，在於「因爲懂得，所以慈悲」；而相對於易先生的虛妄則引人鄙夷。古往今來，世間女子，有多少心甘情願做撲火的飛蛾。即令天才如張愛玲，洞明如張愛玲，對情與愛參透如張愛玲，還是義無反顧地愛上了「情雖不僞，卻也不專」的胡蘭成，而且，「見了他，她變得很低很低，低到塵埃裡，但她的心是歡喜的，從塵埃裡開出花來」。在胡蘭成因漢奸罪嫌東躲西藏，身邊又不乏女人之時，張愛玲仍不辭千里奔波去探望。於張愛玲，是踐行「歲月靜好，現世安穩」的夫妻諾言；於胡蘭成，不過是生命中伴行一段的女子之一罷了。易先生在處死王佳芝後，獨自沉醉在「眞愛」的幻想中，他以爲權勢的魔力和他個人的魅力使他贏得王佳芝的愛，甚至妄想他們之間的關係——「他們是原始的獵人與獵物的關系，虎與倀的關系，最終極的占有。她這才生是他的人，死是他的鬼。」「他覺得她的影子會永遠依傍他，安慰他。」這種妄念讓人毛骨悚然，也對易先生更加鄙夷和唾棄。

〈色，戒〉以易公館的牌局開始，故事結束時，衆人也還在牌桌上繼續奮戰。張愛玲將整個暗殺行動，安置於短短的幾個小時之中。在現在進行式的過程中，以不斷的倒敘來交代人物之間的關係及事情演變的過程。最後易先生讓人將王佳芝等一干人都處決了，若無其事的回到易公館，衆人也不疑有他，時間接回出門前的他，大家吵著要他請客，有人迸出一句：「不吃辣的怎麼胡得出辣子？」一語雙關：「無毒不丈夫」。一切盡在不言中。是典型的張愛玲筆法。

附錄

【附錄一】

〈色，戒〉故事梗概

抗戰時期，廣州淪陷，嶺南大學遷至香港，借用港大教室上課，女主角王佳芝原是話劇社的當家花旦，在學校演的都是慷慨激昂的愛國歷史劇。男主角易先生隨汪精衛夫婦及陳公博來到香港，王佳芝的同學鄺裕民跟某個副官是小同鄉，無意中得知不少消息。熱血青年們心血來潮，決定定下美人計謀刺易先生，但又不能以學生身分，會讓其有戒心。於是改換成生意人家的少奶奶，這當然由王佳芝這位當家花旦擔任了。

王佳芝本質上不過是個小女人，她暗戀鄺裕民，但內斂克制的鄺裕民卻對她無動於衷。「美人計」可是要玩眞的，儘管本質上不過是青年們的熱血遊戲。但原本純眞的王佳芝爲了「色誘」易先生，爲了演好這齣戲，她不得不提前培養「性經驗」，免得在老奸巨猾的特工頭子易先生的眼中露出破綻，為此她與有過嫖妓經驗的同學梁閏生發生關係。這場「獻身」的戲碼，一切原本都是為了「救國鋤奸」啊，可是到頭來王佳芝卻遭到同學們的竊笑，她因此心懷怨恨，反倒是跟又老又禿的易先生在一起時，才能獲得內心的宣洩與解放，「因為一切都有了個目的」。沒想到不久之後，易先生突然返回上海，暗殺計畫也跟著流產了。珍珠港事變後，學校又遷回上海，但王佳芝卻獨留在香港，因為她內心惘然，不願再面對過往同學以異樣的眼光來看她。後來，同學們卻再度向她發出召喚，讓她到了上海完成未竟的暗殺行動。

小說的故事一開頭便是王佳芝來到上海後，以「麥太太」的喬裝身分進駐到易太太家並和其「閨中密友」們在牌桌上打牌。牌桌上這些汪偽政府的官太太們一身珠光寶氣，每個人似乎都在比手中的鑽戒，唯獨王佳芝沒有鑽戒，只戴了隻翡翠。易先生進來了，跟三個女客點頭招呼。然後站在易太太背後看牌，牌局中大家又談到鑽戒，易太太抱怨上次易先生捨不得買那隻「火油鑽」給她，易先生白了她說，那隻十幾克拉的「火油鑽」，若戴在她的手上，連牌都打不動了。然後乘在胡牌之際，易先生向王佳芝使了眼色。王佳芝明白了，藉機離開牌桌，衆人不放，她費盡唇舌方才脫身。

她回到自己臥室裡，也沒換衣服，匆匆收拾一下，女傭已經來回說車在門口等著。她乘易家的汽車出去，在南京路上的咖啡館等候易先生。她到櫃台借了電話，以暗語告知鄺裕民，要在今晚假藉「修耳釘」的名目把易先生騙到暗殺地點：珠寶店，請暗殺小組埋伏在那裡。在焦慮的等待期間，從前的種種複雜心緒掠上心頭，王佳芝想起與易先生的種種曖昧場面，以及這兩年的經歷，內心五味雜陳、徘徊不定。易先生終於來了，他儘管心狠手辣老謀深算，卻也想不到眼前這個跟自己暗渡陳倉兩年的小情人兒，會是「致命的吸引力」。

兩人曖昧一番，終於來到珠寶店。易先生要買個捨不得買給太太的「火油鑽」給她，王佳芝看著那粉紅鑽戒，紅得有種神祕感，但她心想「可惜不過是舞台上的小道具，而且只用這麼一會功夫，使人感到惆悵。」珠寶店外，槍手埋伏。王佳芝內心焦慮，「這時候因爲不知道下一步怎樣，在這小樓上難免覺得是高坐在火藥桶上，馬上就要給炸飛了，兩條腿都有點虛軟。」而在易先生低頭爲她挑選戒指的一剎那間，王佳芝從他臉上笑容突然感受到這個男人對自己的「愛」，於是在緊要關頭她示意易先生「快走」。易先生臉上一呆，但是立刻明白了，跳起來奪門而出，砲彈似的直射出去。只聽見汽車吱的一聲尖叫，彷彿直聳起來，砰！關上車門——還是槍聲？——橫衝直撞開走了。易先生死裡逃生了，王佳芝渾身疲軟地走出珠寶店，人行道上熙來攘往，車如流水，卻只有她一個人心慌意亂地。

未幾，易先生一通電話打去，南京路被封鎖。某個參與暗殺行動的熱血青年被捕，馬上招供。不到晚上十點，暗殺團成員全被處決，包括王佳芝。

易先生回到家，太太們還在打麻將，吵著要讓他請客吃飯。易先生不動聲色，心裡卻在想著王佳芝。易先生覺得，這個女人眞是「愛」我的，生是我的人，死是我的鬼。可他必須殺她，「無毒不丈夫」，不是這樣的男子漢，她也不會愛他。在太太們的喧笑聲中，易先生悄然走了出去。

抗戰時期上海租界地圖。

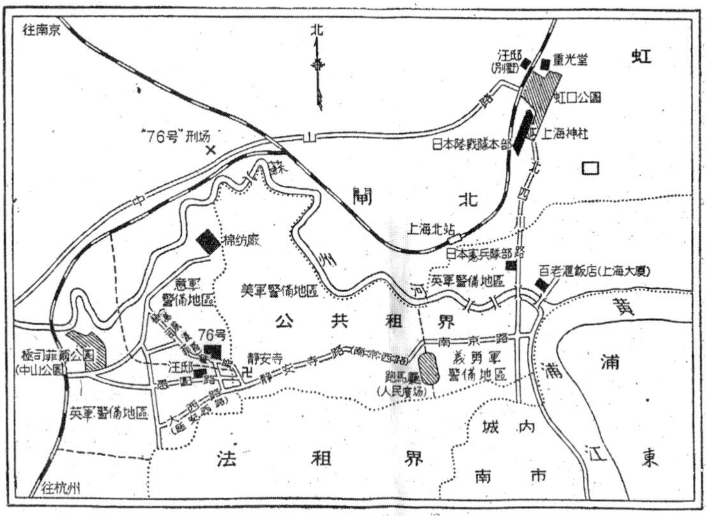
往南京
北
"76号"刑场
中
蘇
州
河
棉紡廠
意軍
警備地區
美軍警備地區
公
共
租
界
76号
靜安寺
汪邸
愚園路
極司菲爾公園
(中山公園)
靜安寺路(南京西路)
大西路
(延安西路)
英軍警備地區
往杭州
法
租
界
汪邸
(別墅)
重光堂
虹口公園
上海神社
日本陸戰隊本部
虹
口
閘
北
北四川路
上海北站
日本憲兵隊部
百老滙飯店(上海大廈)
英軍警備地區
南京路
義勇軍
警備地區
跑馬廳
(人民廣场)
黃
浦
江
浦
東
城內
南市

【附錄二】

一篇散佚半世紀的〈鬱金香〉再度飄香

二〇〇五年，學者李楠在研究一九四九年以前的上海小報時，無意間發現上海《小日報》於一九四七年五月十六日至三十一日連載了署名張愛玲的小說〈鬱金香〉。當年的上海小報有許多冒名的作品，此經研究「海派文學」的學者吳福輝及「張學」專家陳子善等之考證，一致認爲確是張愛玲的作品無誤。

李楠爲文指出，上世紀四十年代的《小日報》上同時出現包天笑、劉雲若、還珠樓主、姚蘇鳳、張愛玲、蘇青的名字，品位不低；而〈鬱金香〉與包天笑的小說〈劫後〉同時連載於《小日報》的第二版，也屬正常。

陳子善在文中則解釋了爲什麼以前沒有人知道〈鬱金香〉是張愛玲的小說。他認爲主要是《小日報》發行量不大，存在時間也不長。張愛玲爲什麼願意把〈鬱金香〉交給並不起眼的《小日報》發表？「這還是個謎。但有一個大背景無論如何不可忽視，那就是當時除了《大家》，沒有別的刊物願意刊登她的作品，而《大家》又將停刊，選擇《小日報》極有可能是不得已之舉。」陳子善還說，

《大家》雜誌創刊號封面。

《小日報》連載〈鬱金香〉一年半之後，上海《海光》文藝週刊復刊第一期又重新發表〈鬱金香〉，但僅兩期就壽終正寢了，〈鬱金香〉也只連載了一半。《海光》的社長兼編輯不是別人，正是已經停刊的《小日報》的編者之一黃轉陶，黃轉陶應該很清楚《小日報》銷路不佳，影響甚微，而復刊後的《海光》又需要名家大作為之增色，所以重刊〈鬱金香〉以廣流傳。這也可作為〈鬱金香〉確是張愛玲作品的旁證。

而吳福輝更從文本結構上做判斷，他說：

我們看〈鬱金香〉裡的人物，女僕、少爺、太太，新舊混雜的富裕家庭，庶出、過繼的明爭暗鬥，是張愛玲慣寫的。結構也是張愛玲的，起初遠遠兜過來，細節飽滿，瑣碎地敘寫二少爺寶餘挑逗、調戲金香諸事，其實只是鋪墊。半部小說過去了，「金香釘被」一場可稱天上人間，方露出大少爺與金香眞實相愛的情景。這兩人，寶初是庶出，又與如今經濟上依靠的姊姊並非一母所生，在這家『是個靜悄悄的人』；金香是這家前房太太的丫頭，自從主人娶了塡房，遂「成爲阮公館裡的遺少了」。這是沒有希望的愛，兩人心裡透底明白。於是，悲劇的氣息開始上升。抒情的場面出現了，電影節奏般一明一暗的場面出現了，悲味一陣陣襲來。「這世界上的事原來都是這樣不分是非黑白的嗎」，一語提升了整個故事，人事的蒼涼感將張愛玲式的感悟發揮到了極致。結尾處：「街上過路的一個盲人的磬聲，一聲一聲」似與〈傾城之戀〉咿咿啞啞的胡琴聲混成一片；「一枝花的黑影斜貫一輪明月」彷彿與〈金鎖記〉那銅錢大的紅黃濕暈的月色一瀉如水地交織著。這純是張愛玲的。至於文學語言的張愛玲化，簡直俯拾即是。寫金香容顏「前瀏海與濃睫毛有侵入眼睛的趨勢」，寫衣飾「淡藍布上亂堆著綠心的小白素馨花」，寫她的聲音「澄沙」般帶磁性，寫金香釘的被面「在燈光下閃出兩朵極大的荷花，像個五尺見方的紅艷的池塘，微微有些紅浪」，都是又像純文學又像鴛蝴的筆法。此篇不僅處處是張愛玲已成的筆意韻味，且有獨特創造，如與各色古典小說〈王熙鳳大鬧寧國府〉〈《紅樓夢》〉、《聊齋》、《兒女英雄傳》，什麼武俠飛簷走壁建立「互文」關係。最意料不到的是拉來《雷雨》寫阮太太，「面色蒼白，長長的臉，上面剖開兩隻炯炯的大眼睛。她是一個無戲可演的繁漪，彷佛《雷雨》裡的雨始終沒有下來」。借用新文學的曹禺這樣將人物寫得透骨顯肉，在小報上除了張愛玲還能是哪一個？

而學者毛尖更直接地說：

我一看到主人公名字，就斷定了這是眞品。怎麼說呢？大家都還記得〈傾城之戀〉吧，記得白流蘇搶的是誰的場面？相親回來，是誰「沉著臉走到老太太房裡，一陣風把所有的插戴全剝了下來，還了老太太，一言不發回房去了？是七小姐寶絡，庶出的寶絡。這個寶絡，她的命運雖然沒有在小說中交代，但是張愛玲在小說中寥寥數筆勾勒出的她的性格，已經就是她的命運，她最後一定是，一點一點被吸收到輝煌的背景裡，只留下怯怯的眼睛。七小姐寶絡，幾乎是還沒出場就消失了，但是，她的性格，卻是張愛玲筆下多數人的性格。我想張愛玲大約一直也沒忘記這個失蹤了的寶絡，後來再寫到庶出的主人公，自然地和寶絡排了行，叫寶初，也就是〈鬱金香〉的主人公。而寶絡在〈傾城之戀〉中沒有展開的命運，完完全全在寶初身上完成了。

張愛玲曾說她一直就是小報的忠實讀者，她並不排斥小報。她在一九四四年十一月十五日給《力報》編者黃也白的信就說：「我對於小報向來並沒有一般人的偏見。只有中國有小報；只有小報有這種特殊的，得人心的機智風趣，——實在是可珍貴的。我從小就喜歡看小報，看了這些年，更有一種親切感。」因此在所有刊物都因胡蘭成「漢奸」的身分而封殺她時，僅剩的只有唐大郎的

《大家》支持她，在一九四七年四月的創刊號刊登她的小說〈華麗緣〉，而緊接著第二、三期刊登她的小說〈多少恨〉（根據電影《不了情》劇本改寫），而《大家》就在第三期後停刊了，因此〈鬱金香〉轉投《小日報》是可以理解的。

杜忠全在讀完〈鬱金香〉後表示：

〈鬱金香〉當然很張愛玲——那樣的世俗人物在那般的氛圍中搬演著那樣的離合情事，而每一筆都描繪得那麼的細緻那麼的神態畢露，這「不是『祖師奶奶』，還有哪一位呢？」（鄭樹森語）而這「破土重現」的中篇與後來的長篇《半生緣》、寶初與世鈞、金香與曼楨等等的相似與不似，張學專家與「張迷」應該都自有一番的體會與看法的。然而，在鬱金香的裊裊餘香裡，人們或許還應該想到的是：一九四六年三月底，老上海小報《海派》週刊在一篇文章裡預告並討論的，說張愛玲正在趕寫一部長篇小說《描金鳳》云云；那麼，她後來是否完成了這一部預告中的長篇呢？那完稿後的作品，後來到底又藏身到哪一份小報去發表了呢？要是沒有發表，那麼，那殘稿究竟又在何處等待挖掘，或者，就永遠留下一份懸想了呢……老上海小報的天地似乎無限寬廣，尋找張愛玲乃至懸想張愛玲，從此也就多了一片伸展的空間了，是這樣的吧？

〈鬱金香〉說的仍是沒落家族的故事，寶初、寶餘這對同父異母的兩兄弟，都是姨太太所生的，寶初的母親死得早，那時寶餘的母親還是個少女，她先撫養寶初，而後才有寶餘的。他們來到姊姊家住一個暑假，這姊姊——阮太太，雖然終日在家不過躺躺靠靠，總想把普天下的人支使得溜轉。而寶初本來就是個靜悄悄的人，他對於人世的艱難知道得更深些，因此他不像寶餘敢對女僕金香調情。金香是是阮老爺前妻遺留的丫頭，自從老爺取了填房阮太太，她便成爲阮公館裡的遺少了。在這方面，金香的處境跟寶初有幾分相似，都是

《鬱金香》簡體字版書影。

雙重的「被遺棄者」。小說雖然沒有交代寶初與金香兩個人愛情的萌生過程，但不難想像，寶初與金香的愛情是建立在「同是天涯淪落人」的基礎上。小說花了相當多的篇幅在寶餘與金香的調情上，而其實寶初和金香才是存在著「眞情」的。我們看當金香得知寶初從外面回來後，趕緊化妝：「她操作了一天，滿臉油汗，見不得人，偷空便去拿一塊冷毛巾擦了把臉，又把她的棉花胭脂打潮一角，揉了些在手掌心上，正待拍到臉上去。」「女爲悅己者容」，可見金香的心裡是有寶初的。寶初與金香是有眞情，但卻不是刻骨銘心的，他們對這份愛情都感到是無望的。小說在「金香釘被」一節，有甚多著墨。當金香聽說寶初要到徐州的銀行裡做事，她先是愣住了，在短暫的沉默之後，淡淡地一笑道：「啊，怪不得呢，太太叫我給你釘被，我想這熱天要棉被幹嗎？」其後，寶初跟著她跪在被子上，握住了她的手，金香的眼淚流出來了，她讓寶初起來，「寶初到底聽了她的話，起來了，只在一邊徘徊著，半晌方道：『我想……將來等我……事情做得好一點的時候，我我……我想法子……那時候……』金香哭道：『那怎麼行呢？』其實寶初話一說出了口聽著便也覺得不像會是眞的，可是仍舊嘴硬，道：『有什麼不行呢？我是說，等我能自主了……你等著我，好麼？你答應我。』金香搖搖頭，極力的收了淚，臉色在兩塊胭脂底下青得像個青蘋果。她又搖了搖頭，道：『不是我不肯答應你，我知道不成呀！——』」由於寶初的不夠堅決，由於命運的播弄，兩人終究無法在一起。

但在寶初臨行前，金香爲他的市民證用白緞子精心製作一個套子，這是他們兩人愛情的件證物。「那市民證套子隔一個時期便又在那亂七八糟的抽屜中出現一次，被他無意中翻了出來，一看見，心裡就是一陣淒慘。然而怎麼著也不忍心丟掉它。這樣總有兩三年，後來還是想了一個很曲折的辦法把它送走了。有一次他在圖書館裡借了本小說看，非常厚的一本，因爲不大通俗，有兩頁都沒剪開。他把那市民證套子夾在後半本感傷的高潮那一頁，把書還到架子上。如果有人喜歡這本書，想必總是比較能夠懂得的人。看到這一頁的時候的心境，應當是很多悵觸的。看見有這樣的一個小物件夾在書裡，或者會推想到裡面的情由也說不定。至少……讓人家去摔掉它罷！當時他認爲自己這件事做得非常巧妙，過後便覺得十分無聊可笑了。」寶初丟掉這這個小物件彷彿愛情已成往事，終無結局。而後哀樂中年的他，坐著電梯，一群娘姨小大姐湧進來；聽見「金香」二字，對照往事，即使人面相對也不堪回首：「再上一層樓，黑暗中又現出一個窗洞，一枝花的黑影斜貫一輪明月。一明，一暗；一明，一暗。電梯在三樓停了，又在四樓停了，裡面的人陸續出空，剩下的看來看去沒有一個可以是金香的。」「可見如果是她，也已經變了許多了，沉到茫茫的人海裡去，不可辨認了。」後來寶初更聽到「金香愛上寶餘」的流言，這話還眞眞切切出自主要當事人——寶餘——的太太之口。變成了是寶餘的一段艷史，就連這樣綺麗美好的往事，竟也被沖淡殆盡，完全沒有自己的份兒。「寶初只聽到這一句爲止，他心裡一陣難過——這世界上的事原來都是這樣不分是非黑白的嗎？他去站在窗戶跟前，背燈立著，背後那裡女人的笑語啁啾一時都顯得朦朧了，倒是街上過路的一個盲人的磬聲，一聲一聲，聽得非常清楚。聽著，彷彿這夜是更黑，也更深了。」小說以〈鬱金香〉命名，但卻與鬱金香花無關，倒是女主角名叫「金香」，這「鬱」字似指心情的「鬱鬱寡歡」，是金香之「鬱」，又何嘗不是寶初之「鬱」！

學者丁俊玲更從張愛玲剛出道的〈沉香屑——第一爐香〉中薇龍之對於喬琪，來和寶初之對於金香，看張愛玲在場景上的製造「明、暗」「黑、白」的對比，是何其相似！張愛玲一貫強調的寫作意圖，就是要臨摹小人物那種「不明不白，猥瑣，難看，失面子的屈服」。而爲了如此，她常用「參差的對照」的創作手法。令人不由想起當年傅雷曾說：「無論哪一部門的藝術家，等到技巧成熟過渡，成了格式，就不免要重複他自己。」這固然可說是張愛玲有些過度依恃於技巧，然而，卻又從另一方面表明張愛玲對於某類細節細緻而持久的興趣。而張愛玲精心設置、著力營造的色彩的「對照」，滲透著她自己的創作理念，也於不經意間閃現了些許內心的風景，所以譚正璧就說過：「在張愛玲的小說裡，題材儘管不同，氣氛總是相似。」丁俊玲更指出，〈鬱金香〉中從頭到尾都不曾露面卻讓所有人打從心底懼怕的「姊夫」，以及想把天下人支使得的溜轉的姊姊家；和〈沉香屑——第一爐香〉中薇龍所投靠的那個就像小型慈禧太后的姑母的家，他們給人的，都是「奇異」的感覺。「奇異」的地方，「奇異」的感覺，緣自人所處的「奇異」的時代。張愛玲說：「極端病態與極端覺悟的人究竟不多。時代是這麼沉重，不容那麼容易就大徹大悟。」而相對於兩三年前飽嚐輝煌成功的張愛玲而言，她在寫〈鬱金香〉的此時此刻而言，豈是「沉重」二字了得！

我們知道一九四七年五月，張愛玲在寫〈鬱金香〉時，她正處於內外交困之際，因爲就在距離〈鬱金香〉連載完畢的十天，也就是一九四七年六月十日，胡蘭成收到張愛玲的信，張愛玲在信上寫道：「我已不喜歡你了……這次的決心，我是經過一年半的長時間考慮的……」。張愛玲在寫這信時，幾乎與寫〈鬱金香〉同時。而由有甚者，張愛玲因胡蘭成的關係，被視爲「文化漢奸」而遭打壓，她最後僅剩的唯一的發表園地也告結束。文名一度顯赫的張愛玲，就此悄然沉寂了，正如好友柯靈的描述：「感情上的悲劇，創作的繁榮陡地萎縮，大片的空白忽然出現，就像放電影斷了片。」

儘管張愛玲在這之後，又在大陸生活了五年，卻再沒有用本名發表過一篇文章，因此〈鬱金香〉不同於後來用筆名梁京發表的《十八春》和《小艾》。如果說《金鎖記》是沒落家族男女蒼涼之情的集大成者，那麼〈鬱金香〉就是這裊裊的餘音。一篇散佚五十八年的〈鬱金香〉，讓我們重見舊時的花容，也讓我們遙想當年剛經歷感情創痛的張愛玲和她的「時代」。「影子」似的沉沒的時代背景裡，有著「陰暗而明亮」的蒼鬱的悲哀。

【後記】

張愛玲未完

一九九三年爲拍攝《作家身影》紀錄片，張愛玲是這套影集的最後一集，原來這一季是全套四季中的第一季，從魯迅、周作人等依時間順序排列下來，本來是還排不到張愛玲的，因爲她畢竟是四〇年代的作家。但或許是鑑於她的名氣，或是應爲當時她還健在，因此我們提早將她包括在內，冥冥之中注定她要被留下紀錄的，雖然她最後回覆我們採訪的傳眞信函是要我們把她包括在外，一如我們所料無法讓她入鏡，也無法讓她留言，但我們卻跟隨她的身影，全球走一遭了，也意外地發現了她的高中照、她的畢業紀念冊、她在畢業紀念冊的留言。

遺憾的是，採訪她生命過程中的幾位人物，都不順利，以致無法得知更多有關她的訊息。原本已經約好夏衍的採訪時間，但因他臨時身體微恙而改期，沒想到過了不久，夏公卻駕鶴西歸了，讓人不勝欷噓！桑弧這位與張愛玲合作《不了情》、《太太萬歲》的導演，我們訪問到了，原本期望可以了解張愛玲編寫劇本時的一些情況，但沒想到桑弧卻不想談，我們只得知難而退。宋淇是五〇年代起和張愛玲保持最密切聯繫的人，也可算是張愛玲的「親人」了，但其時宋先生正生著重病，要靠氧氣罩呼吸，我們幾次路過香港無不期待宋先生病情好轉，能接受我們的採訪，但天不從人願，我們的希望最後落空了：宋先生長期臥病，最後在張愛玲去世了一年後，也不幸因慢性肺氣腫病逝香江。

一九九七年，歷經四年製作完成的《作家身影》十三集推出，先在台灣電視公司首播，接著大愛電視台、公共電視台相繼播出，引起廣大的迴響。有些高中甚至在課堂播放討論，當作國文課的補助教材。一九九九年該節目甚至贏得廣播電視教育文化金鐘獎。

做完《作家身影：孤島的閃光——張愛玲》後，原以爲從此跟張愛玲告別了，沒想到之後又陸續有些新發現，有些新的心得。當然已經無法再去重拍紀錄片了，於是幾年間把這些文章結集就成了《傳奇未完——張愛玲》一書，於二〇〇三年出版。這距離開始大量閱讀張愛玲的作品及資料，恰是十年。十年一覺迷《傳奇》，天上人間「不了情」。

在《傳奇未完——張愛玲》一書中，我曾有一章談論〈色，戒〉，對這篇小說特別關注，也對它背後的故事做了一番考證。但當時礙於全書的體例，只能點到為止，無法詳細討論。後來把這文章連同張愛玲的小說給了於我亦師亦友的名製片家徐立功先生看，在他的慧眼下也覺得這是電影的好題材。再後來李安導演宣布要拍攝《色，戒》，不知我們的推介是否起了作用，或是更多的英雄所見略同，總之令人雀躍的是，又一張愛玲作品要般上銀幕，而這次更是由國際大導演執導。

本書是環繞小說〈色，戒〉的種種，做一個全面的解讀。從故事來源，到張愛玲何以改寫了二十餘年，再到她為何拒絕讀者將其『還原』為歷史事件。至於張愛玲如何「改寫」、如何「偷梁換柱」，如何不經意地坦露自己的感情，書中都有詳細地剖析。讓您從更多視角去了解張愛玲，因為，張愛玲未完……。

感謝：

名攝影師郭宏東先生協助拍攝上海的外景、「舊香居」的吳雅慧小姐提供珍藏的張愛玲書影，以及提供相關圖片的各出版單位。更感謝的是印刻出版初安民總編輯及主編黃筱威小姐，他們不辭辛勞，在最短時間內讓本書得以付梓。

二〇〇七年六月十日

32.	台灣原住民族漢語文學選集──小說卷（下）	孫大川主編	300 元
33.	台灣原住民族漢語文學選集──評論卷（上）	孫大川主編	300 元
34.	台灣原住民族漢語文學選集──評論卷（下）	孫大川主編	300 元
35.	長袍春秋──李敖的文字世界	曾遊娜、吳創合著	280 元
36.	天機	履　彊著	220 元
37.	究極無賴	成英姝著	200 元
38.	遠方	駱以軍著	290 元
39.	學飛的盟盟	朱天心著	240 元
40.	加羅林魚木花開	沈花末著	200 元
41.	最後文告	郭　箏著	180 元
42.	好個翹課天	郭　箏著	200 元
43.	空望	劉大任著	260 元
44.	醜行或浪漫	張　煒著	300 元
45.	出走	施逢雨著	400 元
46.	夜夜夜麻一二	紀蔚然著	180 元
47.	桃之夭夭	王安憶著	200 元
48.	蒙面叢林	吳音寧、馬訶士著	280 元
49.	甕中人	伊格言著	230 元
50.	橋上的孩子	陳　雪著	200 元
51.	獵人們	朱天心著	260 元
52.	異議分子	龔鵬程著	380 元
53.	布衣生活	劉靜娟著	230 元
54.	玫瑰阿修羅	林俊穎著	200 元
55.	一人漂流	阮慶岳著	220 元
56.	彼岸	王孝廉著	230 元
57.	一個青年小說家的誕生	藍博洲著	200 元
58.	浮生閒情	韓良露著	220 元
59.	可臨視堡的風鈴	夏　菁著	280 元
60.	比我老的老頭	黃永玉著	280 元
61.	海風野火花	楊佳嫻著	230 元
62.	家住聖・安哈塔村	丘彥明著	240 元
63.	海神家族	陳玉慧著	320 元
64.	慢船去中國──范妮	陳丹燕著	300 元
65.	慢船去中國──簡妮	陳丹燕著	240 元
66.	江山有待	履　彊著	240 元
67.	海枯石	李　黎著	240 元
68.	我們	駱以軍著	280 元
69.	降生十二星座	駱以軍著	180 元
70.	嬉戲	紀蔚然著	200 元
71.	好久不見──家庭三部曲	紀蔚然著	280 元
72.	無傷時代	童偉格著	260 元
73.	冬之物語	劉大任著	240 元
74.	紅色客家庄	藍博洲著	220 元
75.	擦身而過	莫　非著	180 元
76.	蝴蝶	陳　雪著	200 元
77.	夢中情人	羅智成著	200 元

78.	稍縱即逝的印象	王聰威著	240元
79.	時間歸零	林文義著	240元
80.	香港的白流蘇	于　青著	200元
81.	少年軍人的戀情	履　彊著	200元
82.	閱讀的故事	唐　諾著	350元
83.	不死的流亡者	鄭　義主編	450元
84.	荒島遺事	鄭鴻生著	260元
85.	陳春天	陳　雪著	280元
86.	重逢——夢裡的人	李　喬著	280元
87.	母系銀河	周芬伶著	220元
88.	消失的台灣醫界良心	藍博洲著	280元
89.	影癡謀殺	紀蔚然著	150元
90.	當黃昏緩緩落下	黃榮村著	150元
91.	威尼斯畫記	李　黎著	180元
92.	善女人	林俊穎著	240元
93.	荷蘭牧歌	丘彥明著	260元
94.	上海探戈	程乃珊著	300元
95.	中山北路行七擺	王聰威著	200元
96.	日本四季	張燕淳著	350元
97.	惡女書	陳　雪著	230元
98.	亂	向　陽著	180元
99.	流旅	林文義著	200元
100.	月印萬川	劉大任著	260元
101.	月蝕	施珮君著	240元
102.	北溟行記	龔鵬程著	240元
103.	像一盒巧克力——當代文學文化評論	范銘如著	220元
104.	流浪報告——一個台灣旅人的法國行腳	阿　沐著	220元
105.	之後	張耀仁著	240元
106.	終於直起來	紀蔚然著	200元
107.	無限的女人	孫瑋芒著	280元
108.	1945光復新聲——台灣光復詩文集	曾健民編著	280元
109.	我未來次子關於我的回憶	駱以軍著	240元
110.	辦公室	胡晴舫著	200元
111.	凱撒不愛我	王健壯著	240元
112.	吳宇森電影講座	卓伯棠主編	280元
113.	明明不是天使	林　維著	280元
114.	天使熱愛的生活	陳　雪著	220元
115.	呂赫若小說全集（上）	呂赫若著／林至潔譯	350元
116.	呂赫若小說全集（下）	呂赫若著／林至潔譯	350元
117.	我愛羅	駱以軍著	270元
118.	腳跡船痕	廖鴻基著	320元
119.	莎姆雷特——狂笑版	李國修著	220元
120.	CODE人心弦——漫遊達文西密碼現場	伍臻祥著	240元
121.	流離記意——無法寄達的家書	外台會策畫	260元
122.	腿	陳志鴻著	180元
123.	幸福在他方	林文義著	240元

124.	餘生猶懷一寸心	葉芸芸著	360 元
125.	你的聲音充滿時間	楊佳嫻著	180 元
126.	時光隊伍	蘇偉貞著	270 元
127.	粉紅樓窗	周芬伶著	220 元
128.	一個人@東南亞	梁東屏著	260 元
129.	人生，從那岸到這岸	外台會策畫	240 元
130.	浮花飛絮張愛玲	李　黎著	200 元
131.	二○○一：迴游之旅	張　復著	240 元
132.	野翰林——高陽研究	鄭　穎著	300 元
133.	鱷魚手記	邱妙津著	240 元
134.	蒙馬特遺書	邱妙津著	200 元
135.	鏡花園	林俊穎著	240 元
136.	無人知曉的我	陳　雪著	280 元
137.	哀豔是童年	胡淑雯著	230 元
138.	棗與石榴	尉天驄著	240 元
139.	孤單情書	袁瓊瓊著	200 元
140.	玉山魂	霍斯陸曼・伐伐著	330 元
141.	老憨大傳	郭　楓著	400 元
142.	走進福爾摩沙時光步道	曾心儀著	300 元
143.	反叛的凝視——他們如何改變世界？	張鐵志著	199 元
144.	繾綣情書	袁瓊瓊著	200 元
145.	小說地圖	鄭樹森著	180 元
146.	史前生活	賴香吟著	200 元
147.	霧中風景	賴香吟著	200 元
148.	晚晴	劉大任著	260 元
149.	冰火情書	袁瓊瓊著	200 元
150.	真情活歷史——布袋戲王黃海岱	邱坤良著	180 元
151.	掌上風雲一世紀——黃海岱的布袋戲生涯	黃俊雄等著	280 元
152.	聖與魔——台灣戰後小說的心靈圖象	周芬伶著	320 元
153.	陳黎談藝論樂集	陳　黎著	280 元
154.	陳黎情趣散文集	陳　黎著	280 元
155.	最美的時刻	明夏・柯內留斯著／楊夢茹譯	260 元
156.	航海家的臉	夏曼・藍波安著	200 元
157.	時光倒影	周志文著	240 元
158.	老師的十二樣見面禮	簡　媜著	320 元
159.	樂園不下雨	李　黎著	240 元
160.	南方澳大戲院興亡史	邱坤良著	320 元
161.	曖昧情書	袁瓊瓊著	200 元
162.	白米不是炸彈	楊儒門著	260 元
163.	江湖在哪裡？——台灣農業觀察	吳音寧著	450 元
164.	態度	陳思宏著	260 元
165.	哈德遜書稿	陸先恆著	240 元
166.	自己的空間：我的觀影自傳	李歐梵著	240 元
168.	紅樓人物的人格論解	余　昭著	300 元
169	談文藝　憶師友——夏自清自選集	夏志清著	320 元
170.	色戒愛玲	蔡登山著	200 元

文學叢書 170

色戒愛玲

作　者	蔡登山
總 編 輯	初安民
責任編輯	黃筱威
美術主編	高汶儀
美術編輯	蔡文錦
校　對	季季 黃筱威 蔡登山
發 行 人	張書銘
出　版	**INK** 印刻出版有限公司 台北縣中和市中正路 800 號 13 樓之 3 電話： 02-22281626 傳真： 02-22281598 e-mail:ink.book@msa.hinet.net
網　址	舒讀網 http://www.sudu.cc
法律顧問	漢廷法律事務所 劉大正律師
總 代 理	展智文化事業股份有限公司 電話： 02-22533362 · 22535856 傳真： 02-22518350
郵政劃撥	19000691 成陽出版股份有限公司
印　刷	海王印刷事業股份有限公司
出版日期	2007 年 9 月　初版 2007 年 10 月 5 日 初版四刷
ISBN	978-986-6873-36-2

定價　200 元

國家圖書館出版品預行編目資料

色戒愛玲／蔡登山著：--初版，
--臺北縣中和市： INK 印刻，
2007〔民 96〕面 ；　公分（文學叢書；170）
ISBN 978-986-6873-36-2（平裝）
1.張愛玲 2.短篇小說 3.文學評論

857.63　　96016211

INK INK INK INK INK INK IN
K INK INK INK INK INK INK
INK INK INK INK INK INK IN
K INK INK INK INK INK INK
INK INK INK INK INK INK IN
K INK INK INK INK INK INK
INK INK INK INK INK INK IN
K INK INK INK INK INK INK
INK INK INK INK INK INK IN
K INK INK INK INK INK INK
INK INK INK INK INK INK IN
K INK INK INK INK INK INK
INK INK INK INK INK INK IN
K INK INK INK INK INK INK
INK INK INK INK INK INK IN
K INK INK INK INK INK INK
INK INK INK INK INK INK IN
K INK INK INK INK INK INK
INK INK INK INK INK INK IN
K INK INK INK INK INK INK
INK INK INK INK INK INK IN
K INK INK INK INK INK INK
INK INK INK INK INK INK IN
K INK INK INK INK INK INK

INK INK INK INK INK INK
INK INK INK INK INK
INK INK INK INK INK INK
INK INK INK INK INK
INK INK INK INK INK INK
INK INK INK INK INK
INK INK INK INK INK INK
INK INK INK INK INK
INK INK INK INK INK INK
INK INK INK INK INK
INK INK INK INK INK INK
INK INK INK INK INK
INK INK INK INK INK INK
INK INK INK INK INK
INK INK INK INK INK INK
INK INK INK INK INK
INK INK INK INK INK INK
INK INK INK INK INK
INK INK INK INK INK INK
INK INK INK INK INK
INK INK INK INK INK INK
INK INK INK INK INK
INK INK INK INK INK INK
INK INK INK INK INK